KB082333

강 병 철 산 문 집

강병철 산문집

어머니의 밥상

2021년 11월 29일 제1판 제1쇄

지은이 강병철
펴낸이 강봉구

펴낸곳 작은숲출판사
등록번호 제406-2013-0000801호
주소 10880 경기도 파주시 신촌로 21-30(신촌동)
전화 070-4067-8560
팩스 0505-499-8560
홈페이지 http://www.littleforestpublish.co.kr
이메일 littlef2010@daum.net

ISBN 979-11-6035-125-5 03810
값은 뒤표지에 있습니다.

※이 책의 일부는 충남문화재단의 지원을 받아 제작했습니다. 이 책은 <토지문화관>과 <연희문학창작촌>에서 집필했습니다.

강병철 산문집

어머니의 밥상

드디어 병실을 옮기는 어머니. 중환자실의 문이 드르륵 열리더니 치렁치렁한 침대머리가 나타난다. 〈미스터 션샤인〉의 우마차처럼 무거운 수레 하나가 덜커덩덜커덩 밀려오는 것이다. 어머니의 침대이다. 링거병이 주렁주렁 매달려 있고 코에는 호스가 꽂혀 있는 게 영락없는 중증환자의 이동 풍경이다. 산소 호흡기인 줄 생각하며 슬픈 표정으로 물었다. "호스는 뭐지요?" "음식물 들어가는 기구예요." 유년의 둥근 밥상이 쨍그랑쨍그랑 내동댕이쳐졌다. 어머니가 콧구멍의 호스로 음식물을 섭취하시는 거란다. 앞으로도 빠르면 20일이고 길어지면 달포 이상 그렇게 콧줄 식사로 연명해야 생명이 연장된단다. 개나리꽃 무더기가 석고상처럼 딱딱하게 굳어 버렸다.

머리말

언덕 넘어 바다가 보이는 그 자리가 유년의 우리 집이었다. 마당이 넓은 그 집은 모든 가축들을 죄다 키웠다. 외양간에는 소와 염소가 있었고 닭, 토끼, 돼지, 개와 고양이 그리고 뒤란에는 벌통도 하나 있었다.

돼지를 파는 날이어서 동네 사람들이 옹기종기 모여들었고 네 살배기 소년도 끼어 구경하던 자리였던 것 같다. 암퇘지 한 마리의 발목을 새끼줄로 묶은 다음 저울을 매단 작대기를 사이에 끼워 어른 두 명이 양쪽에서 들어 올리며 무게를 재는 중이었다. 허공에 뜬 저울추가 균형을 이루는 찰나 매달린 돼지가 '꽤액' 비명을 질렀고 그 소리에 놀란 내가 눈이 허옇게 뒤집힌 채 기절을 했단다.

"키를 씌우고 여자들이 그 위에서 오줌을 눠야 애기가 오줌 소리에 깜짝 놀라 벌떡 깨어나는 거여."

그렇게 눈을 뜨고 부스스 일어났다는 그 특이한 민간요법은 순전히 들은 이야기이다. 이승만 대통령이던 아득한 시국이다.

어머니는 찢어진 이불보 자투리를 오려서 그 속에 콩을 넣어 꿰맨 오자미를 만들어주셨다. 오자미는 손바닥에 들어오는 작은 물건이었고 하늘에 던져도 깨지지 않고 몸에 맞아도 아프지 않는 영구적 장난감이었다. 다섯 살 소년 혼자 토방에 쪼그린 채 해바라기하던 늦가을 저물녘이었던 것 같다. 빨랫줄에 매단 이불보 하나가 나풀거리다가 훌러덩 걷히더니 하늘로 휘익 날아 지붕 위로 오르는 것이다.

"오자미. 아악! 오자미가."

어머니가 화들짝 놀라 부엌에서 나오면서 펑펑 우는 소년을 달래다가 깔깔 웃으신다. 지붕에 사다리를 걸치더니 이불보를 꺼내오는 것이다.

"이불보가 날아가니까 '오자미, 오자미'하며 우는 거요. 그 자투리로 오자미를 만들어줬거든요."

어머니 연륜이 서른셋이었으니 태양처럼 젊었던 시절이었다.

그리고 북아현동 골목길을 꼬불꼬불 내려오던 서울 유학생의 열세 살 하굣길이다. 골목길을 도는데 웬 아낙네 하나가 머리에 보따리를 인 채 전신주에 힘겹게 기대어 있다. 어머니다.

"내려놓으면 보따리를 다시 올릴 재간이 없어서 이렇게 기댄 채 힘을 버는 거여. 저기가 바로 느이 자취방인데."

소년은 어머니의 보따리를 헤쳐 떡가래 하나를 꺼내었다. 서산 갯마을 후미진 구석에서 새벽길을 떠난 흰떡 줄기이다. 담벼락에 기댄 채 공복을 채우는데 문득 햇살이 쏟아지는 것이다. 그 저무는 햇살을 보면서 문득 내 삶도 음울한 회색빛 도정일지도 모른다는 생각이 드는 것이다. 그리고 또 세월이 빛의 속도로 흐르더니 반백년 시간도 훌쩍 넘었다.

이제 초로의 연륜이다. 갯마을의 유년, 서울 유학길의 성장통 그리고 수십 성상 분필밥을 먹던 사연들도 아득한 기억이 되었다. 그리고 나는 긴 세월 벗들의 도정과 내 기억들을 되새김질하며 소설 문장을 만들고 시를 써왔다. 그 편린들을 문장으로 만들다보니 도막 몇 개는 내 기억의 흔적인지 상상의 말풍선인지 헷갈리는 부분도 있긴 하다.

지금 어머니는 요양병원에서 19개월째이며 그 어느 것도 예측할 수가 없다. 맨 처음 앰뷸런스에 모시고 가면서 일제 강점기와 6·25를 소환했으니 참으로 지난한 배경이다. 그리고 세월이 흘러 아들, 딸들의 세대와의 간극을 떠올리며 변신의 만감을 떠올리는 것이다. 더 깊은 사연까지 이어가려다 망설임 끝에 도려낸 사연들도 인과응보이다. 그리고 또 있다. 지난 스크린을 연동으로 이어가다가 벼랑 끝에서 멈추게 된 사연들이다. 이 모든 희로애락의 총체가 나의 인생이기도 하다.

이 글은 주로 공주의 '웅진도서관' 그리고 원주 '토지문화관'과 서울 '연희문학창작촌'에서 쓴 글들이다. 더러는 글판보다 술판에 빠지기도 했지만 가끔은 폭풍집필의 행복도 있었던 것 같다. 또 하나의 부끄러움을 드리면서도 설레는 사유를 기실 나도 잘 알긴 한다. 바람이 그림자보다 더 느리게 움직이는 저물녘이다.

2021년 늦가을 강병철 모심

차 례

3부

4부

1부

식민지의 탈영병

아버지는 일제 강점기 금강 유역의 공주고보 출신이니.

한머리 그 마을에서는 가장 굵은 유학생 가방끈을 걸친 신분이었다. 소재지에서 20분가량 걸어가는 그 마을에서 학동 대여섯 놓고 가르치던 할아버지는 원래 돈벌이에 익숙하지 못한 딸깍발이 훈장이었다고 한다. 그나마 세상을 일찍 떠나신 후 할머니 혼자 더욱 힘들고 가난한 세월을 보내었단다.

배가 고팠다. 사월이면 산에 올라 진달래 꽃잎을 따먹었고 오월에는 무덤가에서 삘기순을 뽑았다. 보릿고개 유월까지는 벗들과 어울려 칡뿌리 캐러 뒷산 구석구석 파헤친 게 당연하다. 좌우지간 벌판에 있는 열매건 풀뿌리건 닥치는 대로 뽑고 캐고 자르고 따서 공복을 채웠다. 찔레 끄트머리 여린 순 골라 벗겨먹었고 땡감은 땅바닥 파고 구멍에 감 이파리를 덮어 보관했다가 떫은맛을 걸러서 먹었다. 메뚜기나 개구리도 잡아먹었고 추녀 밑 쑤셔 참새알도 꺼냈다. 벌판에 있는 것들은 모두 그렇게 '먹을 수 있는 것'과 '먹지 못하는 것'으로 구분되었다. 아버지도 그랬고 마을의 벗들 모두 그 가난과 배고픔을 당연하게 감수하던 시국이다.

딱 한 가지 소학교 시절에 동기생들보다 공부를 잘했던 게 특이하다. 4학년까지는 교실에서 서너 번째 석차를 유지하다가 5학년 이후 1, 2등으로 뛰어 올랐단다. 서너 살씩 많은 동급생들도 있었지만 6학년 때는 전교회장 자리에 올랐다. 자그마한 소년 혼자 사열대 앞에 서서 '쉬어'와 '차렷' 자세 그리고 '교장님께 경례' 하고 소리 높이면 전교생 모두 구령에 따라 기계처럼 몸을 찻찻 움직이는 것이다. 아버지의 이 구령 이야기는 기실 어머니를 통해서 들은 기억이다.

"새카맣고 키가 작았어. 새청으로 가늘었지만 목소리는 최대한 크게 뽑아 운동장 뒤쪽까지 들렸어."

조무래기 체격이었던 아버지는 사춘기 때 훌쩍 몸이 늘어 1년에 9센티도 넘게 크더니 마침내 172센티까지 이르렀으니 1925년생으로는 장신에 속한다. 식민지 시대 당시 조선 남자의 평균 신장이 161센티였으니 반 뼘 이상 웃돈 셈이다. 아버지는 60세 이후 조금씩 줄어들다가 90세에 165센티가 되었으니 7센티가 쪼그라든 셈이다. 장인어른은 내가 결혼사진을 찍을 때는 166센티이었다가 수십 년 지난 지금 4센티가 줄었다. 등뼈를 잇는 마디가 나이를 먹을수록 수축되면서 키가 준다는 사실이 대부분에게 적용되었다. 초로에 접어든 나 역시 젊은 날보다 2센티가 줄었다. 키가 줄어드는 만큼 몸도 쇠하는 게 인생인 것 같다.

대동아 전쟁 직전, 읍내에 양과자 공장을 차린 백부께서 사업에 기반을 닦아 성세를 펴면서 가난을 벗어난 것 같다. 아니 졸지에 근동의 손꼽히는 부자로 변신한 것이다. 백부의 판단이 맞았다. 다랑이 논 천수답 농사로써는 아무리 부지런히 삽질을 해도 가난을 벗어날 탈출구가 보이지 않자 사업을 선택하셨다. 모두들 팔자에 순응하고 살던 식민지 그 시대로선 재빠르고 과감한 결정이다. 대전에 나가 과자 만드는 기술을 두어 달 익히더니 군용 트럭을 빌려 그 육중한 기계들을 서해안 소도시까지 싣고 온 것이다.

건물을 짓기 전부터 기계를 돌려 물건을 생산했으니 그 또한 재빠른 뱃심이다. 빚을 얻는 게 불안했지만 무리하게 시도한 모험이 뜻밖으로 성공을 한 것이다. 하여, 마을 사람 하나와 가까운 핏줄들 몇몇을 과자 공장에 붙여 노동자로 취업시켰다. 그러다가 문득 공부 잘하는 동생 하나를 상급학교에 보낼 궁리를 한 것이다. 다른 여자 형제들은 배울 엄두도 못 내었고 당신 역시 학력 별무이니 집안에서 유일한 남동생 하나라도 버젓한 간판을 달아 놓고 싶었으리라. 그렇게 산 넘고 물 건너 공주고보에 유학을 시켰단다.

그게 부친께서 조부님의 대를 이어 훈장이 되시면서 동네 유지로 자리를 잡으신 이유이다. 아버지는 그렇게 학교를 마치고 다시 고향에 내려와 교단에 뿌리를 내리고 한평생을 지내셨다. 그랬다. 식민지 시대에 교복을 입었다는 자체만으로도 고향 벗들과 엄청나게 차별화된 짐을 진 것이다. 학도 시절의 수준 자체가 워낙 화려했다.

아버지의 학창 시절 흑백 사진을 보면,

유도와 검도 그리고 테니스를 치고 스케이트 타는 풍경까지 화사하게 찍혀 있었다. 나의 유년 시절, 대청마루나 누다락 어디쯤에 아버지의 고교 시절 유도복과 정구 라켓 그리고 스케이트 쇠붙이 날이 발견되곤 했으니 놀라운 일이다. 80여 년 지난 지금의 고교생들보다도 더 화려한 이력인 것 같다.

그 동기생 중에 훗날의 정치인 김종필 총리도 있었는데 그는 상위권 성적에 웅변과 영어를 잘했고 만돌린을 잘 다루었다고 취할 때마다 회고하셨다. 그의 행적에 대한 호불호好不好와는 무관하게 내 생애 최초로 입력된 정치인이었고…그러거나 말거나 그 특별 대우를 받던 엘리트 학도들 역시 지옥 같은 식민지 시국을 피할 수 없었으니 그게 대동아전쟁에 강제로 끌려간 학도병 징집이었다. 끌려가는 순간부터 목숨은 운명에 맡겨야 했다.

태안반도 입영 장정들의 신체검사 장소는 서산소학교였다. 각 면 단위에서 몰려온 학도 장정들을 전날 읍사무소 병사계 인솔 하에 소도시 뒷골목 송죽여관에 집단 합숙을 시켰단다. 징병 학도들은 재빨리 사발통문을 보내 즈이끼리 따로 방을 정했으니 낯익은 청년학도끼리 1박을 하자는 심사이다. 덕분에 학도 시절 내내 부글부글 끓이던 항일 사상을 격렬하게 토로하며 울분을 터뜨리는 시간을 가졌으니 다행이랄까.

"분하다. 총독부 주구走狗들이 누르는 스위치 한 방에 조선의 식민지 청년들까지 목숨을 걸고 사지에 뛰어들어야 하는가?"

그렇게 노여움을 비밀리에 공유하는 중이었다.

"거의 막바지야. 지난주 홋카이도 전투에서도 일본 비행기가 아홉 대나 격추되었다. 말벌과 일벌의 싸움처럼 가차 없이 추락하니 미군들이 일본놈 비행기를 Paper plain이라며 조롱한단다. 푸하하. 종이비행기가 공중에 떠서 나비처럼 나풀거리니 기관총 하나 운반할 힘이나 있겠나?"

그런 낙관적 통쾌함을 날리기도 했지만 더러는 깊이 있는 정세 분석으로 고민하는 청년 학도들도 있었으니.

"아, 우리 민족의 힘으로 왜구들을 몰아내는 게 중요한데… 열강의 점령군들에 의해 일본이 망하고 해방이 되더라도 장차 무슨 일이 일어날지 불안하다. 제국주의가 또 다른 열강들과 전쟁을 불사할 때는 자기네들의 꿍꿍이 속내가 고구마 뿌리처럼 숨어 있을 게 분명하다. 당장은 일본이 망하는 게 급선무이지만 그게 끝이 아닐 수도 있다. 미군과 소련군도 쉽게 물러서지 않을 것 같다."

"확실한 것은 지구상에 '정의를 위한 전쟁은 절대로 없다'는 사실이다."

슬픈 표정으로 소주를 컵 떼기로 마신다.

"전쟁 막바지야. 각자 목숨 줄 잘 보존하시고 살아서 돌아옵시다."

일본군 대형 수송선이 격렬비열도 어디쯤에서 미군 잠수함의 공격으로 침몰되었다는 정보도 놀랍고 새로웠다. 숱한 군수물자와 목숨들이 서해바다 물고기들의 밥이 된 것이다. 총독부에서 '좌초'라고 못을 박은 이유는 '경계의 중요성' 때문이다. '전투에 실패한 지휘관은 용서할 수 있어도 경계에 실패한 지휘관은 절대로 용서할 수 없다'며 일체 소문이 바깥으로 새어나가지 못하게 차단시킨 것이다.

"가미카제 특공대는 미친 짓이다. 경비행기 하나로 산맥처럼 거대한 군함에 곤두박질쳐 함께 폭사하라는 게 말이나 되느냐?"

일본은 진주만 공격 초기에만 조금 유리했을 뿐 미드웨이 해전 패배 이후 사이판 전투, 괌 전투, 과달카날 해전까지 싸우는 대로 연전연패로 깨지기만 했다. 마지막 방어선인 레이터만까지 내어줄 판이 되자 목숨을 담보로 한 가미카제 전술을 새롭게 낸 것이다.

가미카제는 '신의 바람'이란 뜻이다. 몽골의 칭기즈칸 군대가 바다 건너 일본을 치려 할 때 풍랑을 일으켜 원나라 배들을 모두 물고기 밥으로 만든 그 기적의 태풍 이름이다. 미군 항공모함을 향해 돌진하는 자살 폭탄 전투기에 이 전설의 이름을 붙여 주고 죽으라는 것이다. 그 미사일 항공기에 고정되면 조종사는 절대로 빠져나올 수 없으니 일단 탑승했으면 죽어야 한다. 잔혹한 전법이지만 효과는 있었다. 폭약 1톤을 장착시킨 가미카제가 미군 전함 수백 척을 침몰시키고 조종사도 함께 죽었다.

전술은 무모하고 단순했다. 수백 킬로에서 1톤까지의 폭약을 장착한 비행기로 적의 함대에 돌진하는 것이다. 가미카제가 돌진할 때는 절대로 눈을 감지 않았다. 목표물의 가운데를 겨냥하고 "필살!"이라는 구호와 함께 돌진하도록 세뇌를 받은 것이다. 쓰루기가 공중에 뜨는 순간부터 바퀴를 제거시켜서 지상에는 절대로 착륙이 불가능하게 만들었다. 전투기가 고장 나서 회항하게 되더라도 수리한 다음 다시 출격시켰다. 명중률은 6프로였고 3300여 대가 출격해서 3900명이 죽었다. 전쟁 막바지에는 고장 난 전투기와 연습기까지 닥치는 대로 하늘로 올리고 죽음으로 돌아오면 '용사'의 칭호를 붙여 주었다.

"죽더라도 내 조국을 위해 목숨을 바쳐야지. 미쳤다고 천황을 위해 죽는가? 어이없다."

"그래도 놈들에겐 목숨을 바칠 수 있는 조국이라도 있지 않은가?"

"아니다. 그들도 조국을 위한 산화가 절대 아니다. 천황이라는 허수아비를 올려놓고 그들의 조국을 뒤집어씌웠을 뿐이니 역시 의미 없는 개죽음이다. 마스 아소우는 즈이 모친께 보내는 편지에서 '벚나무에서 흩날리는 꽃잎처럼 이 목숨 떨구겠다'고 결의했다지만 이는 속임수에 넘어갔을 뿐이다. 천황이나 이름 없는 민초나 목숨은 똑같이 소중하다고 말을 하면 당장 죽이겠다며 난리가 나므로 침묵을 지켰을 뿐이다. 미야기 요시이 조종사가 그랬다. '가미카제는 로봇일 뿐이다'라고 한탄하면서도 어쩔 수 없이 목숨을 잃었다. 로봇이 뭔가? 영혼 없이 주인의 명령대로 움직이는 기계라는 뜻이다."

"야하라 대령도 일기장에 '우리를 전쟁터에 내몬 건 정치가들의 권력 유지를 위해서이다'라고 한탄했었다. 제국주의가 나쁘지만 그 안에서 조종하는 지배자 계급이 가장 못된 놈들이다. 그러니까 민족 모순보다 더 절박한 게 계급 모순의 타파이다. 천황 하나를 보호하기 위해서 무수한 백성들의 목숨이 당연히 죽어야 한다는 건 한갓 독재자의 세뇌 작업에 불과하다."

"쉬잇, 조용히 하시게. 낮말은 새가 듣고 밤말은 쥐가 듣는다네."

마지막 그 말이 맞았다. 바로 옆방에서 야스다 보초가 박쥐처럼 달라붙어 엿들을 줄은 꿈에도 생각지 못했던 것이다. 도스께끼 군대의 초토화를 비웃으며 킬킬대는 장정들, 딱 그 순간까지만 통쾌했었으니.

야스다가 음모의 칼을 뽑은 것이다. 그는 본래 이름이 안전安田인데 봉성리 태생이다. 주재소 심부름꾼 출신으로 창씨개명에 가장 먼저 앞장을 섰던 일제의 앞잡이다. 한때는 시장바닥에서 주먹잡이로 놀긴 했는데 짱을 먹지는 못하고 오야봉 그늘 아래에서 호가호위狐假虎威하는 반쪽 건달 수준이었다. 그가 조상의 호적을 재빨리 바꾸면서 주재소 순사의 끄나풀로 변신하면서 몸이 눈사람처럼 커졌다. 임시직으로 발을 걸쳐 놓았다가 어느새 정식 직원으로 고용되어 자리를 차지하면서 위상이 높아지는 만큼 기가 치솟았다. 나중에는 아예 간덩이가 붓더니 진짜 안하무인이 되었다. 농부나 장똘뱅이들은 물론 면사무소 직원이나 학교 훈장들까지 힐끔힐끔 피할 정도였다. 심지어 그를 보호했던 오야봉의 청탁까지 발로 차 버렸다는 풍문도 있었다.

야스다의 좀팽이 시절 때 그는 오야봉의 그림자도 밟지 않으려는 듯 예의를 갖추었다. 그러나 그 오야봉이 성도극장 패거리와의 싸움에서 허벅지를 단도에 찔리면서 하체의 힘을 쓰지 못하게 되었다. 엎친 데 덮친 격으로 중풍까지 맞아 방에 눕는 신세가 되었다. 하여, 오야봉의 아내에게 읍내 차부 근처에 가겟방 자리를 알아달라는 부탁을 했으나.

"당신은 이제 기우는 달이다. 나에게 자비를 요구하지 말라."

그렇게 단칼에 거절했단다.

"네가 어떻게 나에게…."

오야봉이 노여운 표정으로 벌떡 일어서려 하자 야스다가 단도로 귓바퀴를 문지르며.

"더 이상 나대면 이걸 잘라 버리겠소."

그렇게 굴복시켰으니 주먹패의 권력이 허망한 것이다. 그리고 오야봉이 한 달 후에 화병으로 죽었다는 소문으로 모든 상황이 정리되었단다.

"솔직히 일본인 순사보다 조선인 순사들이 더 악질이 많았어. 그놈들은 친일을 해야 살아남을 수 있으니까 발악을 하겠지만… 즈이 동포를 그리도 괴롭혔어. 물 건너온 왜구야 차치하고라도 토착 왜구는 멀쩡한 배반이지. 비행기 날개 만든다고 부엌을 뒤져 숟가락까지 죄다 공출해갔으니 동족이면서 앞잡이 노릇을 하는 놈들이 거머리처럼 피를 빨아먹었어."

유년 시절 밥상머리에서 아버지의 그 말씀을 수십 번은 들었던 것 같다. 배반자에 대한 원망 서린 노여움으로 눈빛을 번뜩이면 괜시리 나까지 고개를 들지 못했다.

그 완장 사내가 숙소 옆방에서 몰래 도청하면서 밀고용 도표를 짜고 있는 줄을 까맣게 몰랐던 것이다. 이튿날 신체검사를 마치고 저마다 귀가 준비를 서두르는데, 차부 입구에서 웬 게다짝 사내 하나가 앞을 딱 가로막는다. 손가락으로 지프차를 가리키는데 싸늘한 바람이 스친다. 칼 찬 헌병 둘이 옆에서 호시탐탐 노려보고 있었으니 반항은 엄두도 낼 수 없었다. 그리고 굴비처럼 끌려갔단다.

그르르르륵.

아버지는 그 낡은 철제문 소리가 세상에서 가장 잔인한 굉음이었노라고 오래도록 회고하셨다. 그리고 취조실로 쏟아지던 쇳가루 섞인 시멘트 냄새도 소름끼쳐 하셨다. 참나무 탁자와 철제 의자 두 개 그리고 벽에 매달린 채 번들거리는 박달나무 몽둥이를 보면서.

'죽었다.'

다리의 모든 힘이 풀려 버렸다. 옆방의 비명 소리까지 처절하게 쏟아지면서 완전히 기가 죽은 것이다. 그리고 놈이 다시 나타났다. 외투를 벗고 훈도시 차림의 허벅지가 허옇게 드러나니 야만의 기저귀 패션이다.

"무슨 작당을 했느냐? 어젯밤 여관에서."

"한 말이 없소."

아닌 게 아니라 어젯밤 형님네 과자공장에 들러 차비를 받아오는 길이어서 여관 도착이 늦은 것만은 사실이다. 그래서 친구들의 대화 중 마지막 대목만 가물거릴 뿐 뚜렷하게 떠오르는 게 없었다. 그 차비에서 절반을 뚝 떼어 내어 두되들이 소주 두 병을 여관방 바닥에 올려놓은 다음 '와-' 박수 세례를 받은 게 전부이다.

"빠가야로."

쓰러진 몸의 정수리를 구둣발로 짓이기면서 이마가 훌러덩 벗겨질 것 같다. 몽둥이로 가슴을 찌르다가 쓰러지면 게다짝으로 목을 짓누르는데 도대체 항거불능의 상태가 된 것이다. 열아홉 강동원 청년도 고보 시절 유도로 단련된 몸이라 완력 대결에서 과히 밀리는 편은 아니었지만 여기서는 다르다. 발가벗겨진 채 꽁꽁 묶였으니 대항할 엄두조차 낼 수가 없었다. 처음에는 찢어지게 아프더니 서서히 무디어지다가 나중에는 아예 감각이 사라질 만큼 작신 맞았다.

"이 새끼야. 느이 나라 무능한 조선 따위가 스스로 독립할 능력이 있을 것 같으냐? 천황폐하의 뜻을 받들어 위대한 대동아제국 건설을 훼방 놓는 조센징 놈들 한 놈씩 찍어 내어 갈기갈기 찢어 버리겠다."

그는 말끝마다 조센징이라는 단어를 입에 달고 살면서 스스로의 유체 이탈을 확인하는 것이다.

"미군들이 대일본제국 비행기를 종이비행기라고 조롱한다며 비웃었잖아. 이 조센징 새끼야. 그런 허위 소문이 나라를 어지럽히고 적군을 돕는 이적행위야."

자칫하면 바깥세상을 영원히 보지 못할 것 같아 입을 다무는 것 이외의 방법이 없었다.

"오키나와 전투에서 가미카제 용사 하나가 양코배기 수천 명을 수장시킨 것도 모르냣! 대일본 제국이 반드시 이긴닷."

'일본이 이긴다.' 마지막 몽둥이와 함께 들은 소리이다. 강동원 장정은 그 모진 고문을 영원히 잊지 않겠다며 뽀드득 뽀드득 어금니만 깨물었다.

어이없는 것은 야스다의 광복 이후의 행보이다. 그는 해방이 된 다음날 이름을 한국식으로 재빨리 개명한 다음 이웃 소도시 관료로 다시 채용되었다가 십 년 후에 면장 자리에 오르더니 나중에는 군청의 고위직 자리로 올라 호의호식했단다. 어느 해였던가, 광복절 기념식에서 그 도시의 독립 유공자들의 이름을 부르며 가슴에 훈장도 달아 주었으니 어안이 벙벙하다. 분하다. 반민특위 해체 후 친일 청산이 실패 하면서 해방 후까지 그들이 설칠 수 있는 무대를 만든 것이다.

학도병으로 끌려간 그가 블라디보스토크 전투에서 구사일

생으로 살아남았으니 기적이다. '오다노리아끼[小田] 대중기관총대'로 배속되어 전투에 나가기 전날 밤 꿈자리에 젊은 날에 망자가 되신 부친께서 홀연 나타나시어.

'피하지 못하면 죽는다. 지금 빨리 떠나라.'

그 눈빛 표정이 하도 섬뜩하여 화들짝 깨어나서도 한참 동안 꿈과 생시의 구분이 가질 않는 것이다. 아닌 게 아니라 눈을 뜨자마자 실제로 아랫배의 창자가 끊어질 듯 비틀리는 게 스스로 생각해도 엄살이 아니다. 데굴데굴 구르는 부하의 아랫배에 시퍼런 일본도를 겨눈 부대장 나까무라는.

"거짓말이 한 방울만 섞여 있어도 죽인다. 칙쇼. 지금 그대로 찌른다."

예리한 칼끝이 맨살에 달락말락 번뜩였으니 여차하면 강동원 학도병의 뱃살을 꿰뚫고 내장을 꺼냈을지도 모른다. 그랬다. 부대장은 부하들이건 민간인이건 닥치는 대로 총검을 휘두르며 목을 자르고 몸에 총구멍을 낼 수 있는 야만의 권력 소유자였다. 그가 복부를 걷어차려다가 땀을 삘삘 흘리며 뒹구는 쫄병의 모습을 보며.

"환자부대에 배속시켰! 빠가야로."

잔당으로 남겼으니 그게 천우신조요, 구사일생이다.

다음날 루스키 섬 전투에 나간 군인들은 단 한 명도 살아남지 못하고 모두 섬멸당했다는 소식을 접하며 재빨리 판단했다. 이제 선택의 여지가 없는 것이다. 죽기 아니면 살기의 양갈래 길이니, 탈영뿐이다. 깨어 있는 학도병들을 중심으로 탈영 선동의 사발통문도 뿌려졌다. 하여, 남아 있는 환자 부대들과 합류한 후 막사의 담을 뛰어넘었다. 막판에 발견한 일본군 초병도 소리를 지르긴 했으나 총을 쏘지 않았으니 그들 역시 기우는 전세의 기미를 알아챘을 것이다.

사흘 낮 사흘 밤 내내 이국땅 능선에서 머루와 다래를 따고 더덕을 캐고 메뚜기를 잡아 닥치는 대로 배를 채웠다. 그러다가 식량을 조달하러 함경북도 온성에 도착했는데, 어럽쇼, 느낌이 이상하다. 흰옷 입은 백성들이 시내에 모여 웅숭대는 풍경들이 수상한 것이다. 온성 군청 벽보를 보고야 알았는데 아, 해방이 된 것이다. 이런 일도 있구나. 그렇게 죽음의 고비를 넘기고 광복을 맞이했다.

어머니의 보따리

해방 후 교편을 잡으면서.

청년 강동원은 소박한 실용주의자로 변신했다. 해방 공간에 특히 몸조심해야 함을 직감으로 체득한 것이다. 난세에는 절대 나대지 않으며 이념 문제에는 반드시 침묵을 지키기로 했다. 그 대신 생활고에 허덕이는 핏줄들에게 나름의 배려를 아끼지 않았다. 우선 한머리 옛 터에 커다랗게 집을 짓고 형제들 중 가난한 핏줄들을 불러 방도 하나씩 내주었다. 그리고 빚을 얻더라도 전답 살 기회를 엿보았으니, 그 바람에 갓 시집 온 어머니가 엄청 고생을 하게 된 것이다. 또 하나, 자식들을 끝까지 가르치기로 마음먹으면서 대처로 유학을 보낸 점이 특이하다.

수십 년 교육 관료로만 임했으니 소폭이나마 관운도 따른 셈이다. 고교 졸업 직후 교원 양성소에서 교원 자격증을 획득한 아버지는 스무 살에 모교의 훈장이 되었다가 스물아홉에 교감님이 되셨고 마흔셋에 교장님이 되었으니 소위 초고속 승진이다. 교사 정년이 만65세 시대였으므로 집 나이로 예순일곱까지 교장실 회전의자에만 머무르셨다.

동기생들 중 몇몇은 아버지보다 임용이 불과 두세 해 늦었을 뿐인데 대부분 평교사로 정년 퇴임을 했다. 그 당시는 교장 임기가 무제한 종신제였으므로 앞자리가 비워지지 않는 한 바로 뒤의 후속타 승진의 길이 콱 막혔던 것이다. 아버지는 그런 입지 전력에 만족하셨던 것 같다. 가끔 교실에서 풍금을 치거나 운동장에서 무용을 하는 중년의 남자 스승들을 가리키며.

"저니도 내 동창생이다."

그들을 안쓰럽게 쳐다보면서 당신의 현재 위상에 만족스러운 표정을 지으셨다. 그때까지는 당신의 아들이 만년 평교사로 남아 수십 년 분필밥 먹으며 살아갈 줄은 전혀 예상하지 못했을 즈음이다.

"교장이 되어야 한다."

그런 언질도 주었다. 그러나 아들은 교단에 서자마자 이차구차 전교조 활동에 뛰어들었고 점차 경주용 말처럼 앞만 보고 달렸으니 아버지의 간곡한 바람이 초장부터 빗나간 것이다. 해직교사도 되었고 경찰서에도 몇 차례 끌려가는 바람에 공직자인 아버지까지 소환되면서 집안이 발칵 뒤집어지기도 했다.

사실 부끄러운 고백이지만,

6남매 모두 학사모를 쓸 수 있었던 것은 당신의 무리한 교육열이 기반이 되었겠지만 '어머니의 무자비한 희생' 그리고 '빚의 힘', '이자보다 훨씬 높은 인플레이션'까지 삼위일체의 합종 세트였던 것 같다. 좌우지간 빚만 얻어놓으면 이득이 되었다. 그래서 동네 아무개네 집에서 소나 돼지를 팔거나 밭떼기로 넘긴 생강 판 현금이 들어왔다는 소리만 들리면 부부의 밤마실로 부랴부랴 돈을 꾸었다. 그들 역시 부친의 공직자라는 신분을 보증수표 배경으로 믿고 출자를 망설이지 않았고 아버지는 그 돈을 무조건 아들, 딸들의 등록금으로 묶어두었다.

나중에 그 시절을 회고하며.

"엄청 이익이 되었어."

빚의 이자보다 물가 상승률이 훨씬 높았으니 '나라 경제의 악화가 흔들리는 우리 집안 경제의 도움'으로 변신한 것이다. 그렇게 빚을 얻어 천천히 갚을수록 이익이 되었다는 후일담인데.

그러니까 나의 유년 시절,

시내버스비가 5원이었는데 2021년 현재 1400원이니 280배의 물가 상승률인데 빚의 이자는 50배 정도밖에 뛰지 못했으니 그 차액이 엄청난 것이다. 그러나 아침마다 빗 독촉하는 이웃들의 마른 발자국 소리가 유년의 짐으로 어깨를 짓누르던 힘든 기억들도 사슬처럼 남아 있었음을 밝힌다.

아무튼 박봉을 모아 땅을 샀을 정도이니 전답의 시세가 워낙 싸던 시대이다. 돼지 한 마리를 팔면 바깥마당만 한 묵정밭을 넘볼 수 있었다. 수십 년 후 돼지 값은 그대로인데 묵정밭 값이 수십 배 이상 뛴 것이다. 아버지는 축산까지는 시도하지 못했지만 가축도 다양하게 키웠다. 외양간에는 항상 소 한 마리와 염소 두세 마리가 있었고 돼지우리에는 개량종 요크셔와 버크셔가 서너 마리씩 꿀꿀거렸다. 우리 뒤쪽에 반쪽 열린 칸막이로 돼지 변소를 만들어 준 게 다른 집과 다르다. 돼지는 시멘트 밥그릇에서 밥을 먹고 칸막이 뒤쪽에서 배설을 하는 수준 높은 두뇌를 보여 주었다.

신우대를 짜서 병아리 장을 만들어 봄마다 병아리 울음소리로 봄소식을 알려 주었다. 닭장에는 열댓 마리의 닭들이 있었는데 나 역시 둥지에서 달걀을 꺼내면서 껍질의 따뜻한 감촉을 느끼던 순간이 참으로 행복했던 것 같다. 소리개의 습격을 막기 위해 닭장 앞에 허수아비를 세운 집은 마을에서 우리 집밖에 없었다. 토끼도 키웠고 개와 고양이도 길렀다. 나중에는 꿀벌도 키웠는데 나는 벌통 앞에는 겁을 먹고 다가서지 못했다. 고1 때였나, 어머니가 꿀벌에 호되게 쏘이며 얼굴이 퉁퉁 부은 후 더욱 소심해졌다.

아버지의 묵시적 가훈은 '학벌 높이기'였던 것 같다. 하지만 자식들은 시골 우등생이었을 뿐 대처에서까지 화려한 광채를 내지는 못했다. 바로 밑의 동생 강병준만 명문고와 명문대에 입문했을 뿐 나머지 형제들은 그럭저럭 체면 유지 정도였다. 그리고 아버지의 열공 다그침이 자식들의 의식을 짓눌렀는데 특히 나에게는 무거운 가위눌림이었다. 언제부터였나, 성적표 노이로제에 걸려 벼랑 끝에 서 있는 것이다.

나 역시 고향의 초등 교실에서는 1, 2등을 유지했으나,

그 석차 강박증 속에서 불안한 유년을 보내야 했다. 공부를 어지간히 하면서도 성적 스트레스에 시달린 건 기실 아버지의 과열된 압박 탓이 가장 크다. 아버지는 고학년이 된 나를 위해 '표준전과'와 '동아수련장'을 구입했는데 교과서조차 살 돈이 없는 친구들 앞에서 새 활자 냄새 풍기는 참고서를 펼치기가 차마 민망했던 것이다. 그랬다. 내가 과외를 받던 그 시간에 벗들은 부모님 틈새에서 콩밭을 매거나 키에 맞는 지게를 지고 산에 올라 솔잎을 긁었다. 벗들이 언니들의 헌 책을 물려받아 공부하다가 졸업과 동시에 공장이나 일터로 나갈 때 나 혼자 고향을 벗어나 서울 유학을 시도했으니 민망한 일이다. 졸업식 노래에서.

물려받은 책으로 공부를 하며
우리는 언니 뒤를 따르렵니다

나는 '물려받은 책'이 실제로 '후배들에게 직접 물려주던 그 책'으로 받아들였다. 해마다 봄이 오면 후배들의 어머니가 우리 집 대문을 두들기며 헌 책을 받으러 왔었고 우리 어머니도 일찌감치 마루 위에 차곡차곡 올려놓았다. 새 교과서를 사는 벗은 교실에서 나를 포함해 절반도 되지 않았다.

아버지는 6학년 후반기에 한 술 더 떠 교과서를 두 권씩 구입하셨다. 그게 '서울 천재들의 우등생 비법'이란다. 한 권은 학교에서 배우는 보통 교과서이고 또 한 권은 제목과 토씨를 빼놓고는 먹물로 새까맣게 지운 소위 빽빽이 교과서이다. 내용을 완죠니 좔좔 외우고 불에 태워 아주 가루로 만들어 와작와작 마셔 버리는 완벽 마스터 타법, 그런 중압감으로 밤마다 어금니 갈아 마시는 악몽에 시달렸다. 누르면 누를수록 공부가 지겨워지기 시작했으니 안타까운 사태이다. 그것도 모자랐는지 아버지는 6학년 어느 날 나를 서울로 전학시켰으니 소위 위장전입이다.

그러나 시골 전학생이 만난 서울의 교실은 차원이 달랐다. 일단 그들이 쓰는 표준말에 기가 죽었다. 그리고 교실마다 올백All 100이 두셋씩 포진한 그룹 아래 10등 바깥으로 내동댕이

쳐지는 성적표에 정면으로 맞붙을 도전정신이 사라진 것이다. 나를 알아주는 사람이 아무도 없었으므로 순식간에 숨은 그림이 되었다. 그 대신 1등 강박증에서 비로소 해방된 안도감도 있었다. 수석 고수를 위해 밤샘 공부에 매달릴 필요가 없어진 것이다. 추락한 석차를 감추기 위해 전전긍긍 헤매다가 급기야 침 발라 지우던 통지표를 빵꾸 내고 멘붕이 오던 해프닝도 영원히 사라졌다.

백부께서는 통이 큰 사업가답게 소사에는 무심한 낙천가 체질이었고 본인의 약조를 쉽게 잊기도 했다. 아버지는 그의 사소한 부탁조차 단 한 번도 거절하지 못한 채 남의 집 대문 두드려 빚을 끌어 주고 보증을 섰다. 학도 시절 공납금을 대어 주신 은공에 대한 보답이라 여기며 무리한 요구도 일체 거절하지 못한 것이다. 아버지는 월급봉투를 쪼개고 또 떼어 붙이는 절약 정신으로 푼돈조차 아꼈지만 백부는 스타일 자체가 달랐다.

'쌀 서른 가마 정도 빌려 봐. 닷새 뒤에 갚을 거여.'

한 마디만 슬쩍 던져도 형님의 부탁을 수행하기 위해 동분서주 분주했다. 이리 뛰고 저리 뛰며 추렴한 쌀을 소 구루마에 산더미처럼 올려 80리 길 야간 운행한 이야기는 수십 번 리펫된 사연이라 내가 겪은 듯 생생하다. 아니, 어렴풋하나마 실제로 본 것도 같다. 새벽녘 언제쯤 흔들리는 남포등 그림자, '음메' 하며 꼬리치던 소 울음 따라 우마차 바퀴가 덜커덩 움직이던 게 꿈결인지 생시인지 아슴아슴하다. 하지만 백부께서는 사업 확장에 바쁜 나머지 소소한 푼돈 정도는 까마귀 고기로 사라졌으니, 빚 갚음의 약조 날짜가 지나치면 아버지 혼자 안절부절 표정에 온가족이 뒤숭숭했다.

6학년 졸업반 겨울.

백부네 사무실로 돈을 받으러 가신 아버지가 며칠째 돌아오지 않던 겨울방학이 있었다. 사흘째 되는 날 어머니의 입술이 까맣게 타면서.

"네가 가서 모시고 와라."

등을 미는 바람에 열세 살 소년이 동생의 손을 잡고 신작로로 나온 것이다. 버스에 올랐다가 읍내 차부를 거쳐 또 한 번 갈아탔다. 그게 보호자 없이 탑승한 첫 외출이어서 모든 게 생생하다. 눈 녹은 비포장도로가 질퍽거리며 바깥으로 진흙들을 튕겨 내었다. 완행버스 커브길 낭떠러지를 비켜나면 다시 나타나는 바깥쪽 벼랑 끝으로 금세 나뒹굴 듯 아찔한 비탈길이었다. 그리고 마침내 큰댁의 양조장 사무실에 도착했다. 아버지는 사무실 뒷방에 홀로 누워 계셨는데 길게 늘어진 머리카락에 범벅이 된 식은땀이 목까지 줄줄 흐르고 있었다. 나도 모르게 눈물이 흐른 것은 심약한 성품 탓도 있었지만 그보다 방바닥에 등허리 붙인 아버지의 빚쟁이 그림자가 너무 안쓰러워 보였기 때문이다.

아버지는 당혹한 표정으로 나를 바라보다가 잠시 후 결심한 듯 아들의 손을 잡고 귀가하셨다.

"아들내미 밥은 먹여야지."

만류하는 할머니의 소매 끝을 살며시 놓은 채 묵묵부답으로 버스를 타는 아버지가 그때까지만 안쓰러웠다.

그날 저녁 호롱불 옆에서 나를 잡고 영어 발음기호 테스트를 하셨으니 조금은 뜨악한 사태이다. 아들에게 시험을 치게 하고 점수를 매겨 책임 추궁으로 매를 든 것이다. 스무 개 중에서 세 개를 틀렸는데 그 중 하나는 소풍의 뜻인 'Picnic'에서 〔i〕를 놓쳐 'Pcnic'라고 쓴 거였다. '피크닉'이 아닌 '프크닉'이 된 것이다. 아버지는 신문지 뭉치를 돌돌 말아 틀린 개수대로 아들의 어깨를 내려쳤고 나는 전혀 피하지 않았다. 아프지는 않았다. 신문지 매질의 파워만큼 아버지 가슴에 맺힌 가슴앓이가 풀리기를 바라면서 이불을 뒤집어쓴 채 훌쩍훌쩍 울었던 게 전부이다. 아버지의 성품은 착했으나 때때로 그렇게 일탈도 하셨던 것 같다.

1968년 11월이니 6학년 열세 살 소년이 북아현동 그 학교로 전학을 가던 제 3공화국 시국 즈음이었나, 한머리에서 새벽에 서울로 가는 보따리를 머리에 이면 서울 자취방에는 저물녘에야 들어올 수 있었던 시절이다. 서산행 완행버스를 타고 다시 홍성까지 움직인 다음 홍성역에서 장항선을 타고 서부역에 내려 시내버스로 굴레방다리 지나 북아현동 비탈길 계단으로 오르는 코스이다. 어머니가 그 자취방 찾아 골목길에 서 계신 것이다.

그 당시 아낙네들은 뭐든지 머리에 이고 다녔다. 머리에 똬리를 올린 다음 물건을 올리기도 했지만 보따리 정도는 그냥 이고 맨손으로 휘휘 걸어 다녔다. 심지어 두 되들이 소주병도 머리에 인 채 시장을 돌아다녔으니 그 재주가 가히 '묘기 대행진' 수준이다. 그날 하굣길 골목에서 만난 어머니도 그랬다. 그런데 이상하다. 보따리를 머리에 인 채 등허리를 전신주에 기대고 있는 것이다.

"머 해요?"

"내려놓으면 보따리를 다시 올릴 수가 없으니 이렇게 기대어 힘을 버는 중이야."

"먹을 것 있나요?"

서울로 전학 오면서 날마다 배가 고팠다. 자취방은 비좁았고 반찬이 없었으며 용돈은 일체 쓰지 않았다. 하여, 열세 살 자취생 소년은 어머니의 보따리에서 가래떡 하나를 꺼내 공복부터 채우려했던 것이다. 그 골목길에 쪼그려 앉아 가래떡을 깨물며 하늘을 보는 순간 전봇대 사이로 회색빛 햇살이 쏟아졌다. 그 순간 얼핏 장차 펼쳐질 내 인생이 음울한 회색 빛일지도 모른다는 예감이 퍼뜩 드는 것이다. 와우아파트가 무너지고 남대문 시장이 불타던 그해 가을이었던 것 같다.

1969년 서울 중동중학교 야간부에 입학했다. 문교부는 중학교 입시 과열경쟁 해소를 이유로 그해 서울 지역만 싹뚝 오려서 중학교 평준화를 시도했다. 이듬해에 중학교를 평준화시켰고 또 다음 해에 대구, 광주, 인천까지 5대 도시를 평준화시켰다. 그 대신 지방에서 올라온 전학생들은 무조건 야간 중학교에 몰아넣었으니 그런 주먹구구식 마구잡이 행정이 파죽지세로 먹히던 시절이었다. 그리고 나에게는 올빼미 야간 중학생이 시작된 시점이다. 그때 문교부장관 성함은 권오병… 50년이 지난 지금도 그 이름 석 자가 잊히지 않는다.

그런 '아랫돌 빼서 윗돌에 괴는' 땜빵 정책으로 야간중학교 배정을 받고 목이 쉬도록 꺼이꺼이 울었다. 북아현동 날맹이 자취방 구석에서 어깨 들먹이는 둘째 아들을 바라보던 아버지는.

"경기고등학교에 합격해서 복수하라."

진정성과 판박이의 혼재된 문장으로 아들을 위로했고 실제로 그런 다짐으로 올빼미 중학교 생활에 새로운 박차를 가할 생각도 했다. 그러나 외로웠다. 형과 누나가 새벽 등굣길로 빠져나가면 혼자만 자취방에 덩그러니 남게 되는 열네 살 소년, 오후 세 시까지 홀로 좁은 자취방을 지키는 것은 지긋지긋한 고역이었다. TV는 당연히 없었고 라디오나 신문도 없는 텅 빈 방에서 한낮이 지나도록 버티는 것이다. 외로운 열네 살 소년, 그때 형성된 결핍 기질이 내 몸에 한평생 도깨비 밥풀처럼 붙어 다니는 것이다.

위의 형제 3남매 자취생 모두 구두쇠 핏줄이었으니, 반찬을 사본 기억도 가물가물하다. 단무지가 주류였지만 그게 없으면 맨밥에 깨소금을 비벼 먹었다. 깨소금도 없으면 그냥 소금만 비벼 먹었다. 연탄불이 꺼지면 그대로 쫄쫄 굶는 공복으로 버티는 그 '절약의 효심'이 내 가정을 돕는 길인 줄만 알았다. 여고생이던 누나가 어쩌다 일찍 하교해서 콩나물국을 끓여 주면 그리도 맛이 좋았던 기억이 난다. 어느 날 누나가 앉은뱅이책상에서 공부하다가 혼자 콧노래 비슷하게.

반찬 한두 가지 집 생각 나지마는
시큼한 김치만 있어줘도 내게는 진수성찬

흥얼거리는 것이다. 그 노래를 들으면서 나는 진짜 가슴이 설레었다. 필시 우리들의 처지를 위한 가사들이었기 때문이다. 반사적으로

"자취생을 위한 노래닷! 아, 놀라운 일이야."

감탄사 섞인 소리를 질렀다. 누나가 어리둥절하며.

"왜?"

"시큼한 김치만 있어줘도 내게는 진수성찬이잖아. 보면 모르나? 반찬도 딱 한두 가지에다가 집 생각도 나잖아. 시큼한 김치만 있어줘도 아, 밥을 맛있게 먹을 수 있을 거야. 얼마나 좋을까? 우리 자취방과 똑같지."

"아니야. 대학생이나 행복한 청춘들이 바닷가에 캠핑 가서 부르는 노래야."

70년대의 가수 윤형주의 '해변가 청춘'을 위한 노래라는 건 까맣게 몰랐다. 그러니까 수영복 차림의 남녀가 여름 밤바다를 하염없이 바라보는 행복한 가사인 것이다. 두어 줄을 더 보태면.

조개껍질 묶어 그녀의 목에 걸고
불가에 마주앉아 밤새 속삭이네

그때까지 나는 유행가를 부른 적도 없었고 또 그런 문장들의 뜻도 몰랐고 실감도 나지 않았다. 바다는 게와 조개를 잡는 생존의 터전이지 '저 멀리 달그림자'나 '시원한 파도 소리'를 즐기는 곳이 전혀 아니었기 때문이다.

아무튼 자취생활 내내 밥을 너무 굶고 건너뛴 탓일까? 나는 중학교 3년 동안 딱 7센티만 컸으니 다른 친구들의 1년 성장 수준이었다. 그래도 근검절약이 신조였으니 만화방은 돈이 아까워서 언감생심 꿈도 꿀 수 없었다.

탈출구는 남산 도서관이었다. 일단 도서관 입장 정원이 꽉 차면 한 사람이 빠져나갈 때마다 그 빈 자리로 한 사람씩 입장시키는 방식이었다. 정문에서 후암동 계단까지 길게 늘어선 대기 행렬을 기다리는 시간은 길고 지루했으나 출입문만 통과하면 도서 대출이 무료였으니 마음껏 책 속에 파묻힐 수 있었다. 그리고 알았다. 처음에는 몰랐는데 책에 몰입될 때만큼은 열네 살 소년의 가슴에 뜨거운 자존감이 싹트는 것이다. 야간학교는 어차피 저물녘에나 등교할 수 있었으므로 낮 시간만큼은 널널했다. 오르막 한 시간 걸음의 소요도 전혀 아깝지 않았다. 원효로 자취방에서 후암동 미군부대 골목 지나 남산 도서관 가파른 계단으로 타박타박 오르면 속옷까지 후줄근하게 젖었지만 나는 지치지 않았다. 맨밥 도시락으로 5원짜리 국물을 말아먹으며 무료 도서 대출을 활용하는 시간이 가장 행복했다.

한비자韓非子가 말했던가,

'사람을 넘어지게 하는 것은 태산이 아니라 작은 흙더미이다.', 라고. 그리고 때로는 넘어진 자리에서 주춧돌 세우고 정착을 하기도 하니 그게 운명이다. 그렇게 넘어지듯 찾아간 자리가 남산 도서관이었는데 거기에서 식민지 시대 작가들을 만나게 되었다. 염상섭, 김동인, 최서해, 나도향, 채만식, 현진건과 조명희의 활자 속으로 열네 살 소년 혼자 스스로 찾아간 것이다.

「벙어리 삼룡이」가 눈에 가장 빨리 들어왔다. '벙어리'라는 장애와 '삼룡이'라는 이름부터 당장 손이 가게 만든 것이다. 불길 속에서 주인집 새색시를 구한 다음 지붕에 올라간 벙어리의 목숨이 끊어지는 장면이 그리도 장엄한 것이다. 무릎 위에 누운 새색시를 보며 행복한 웃음으로 세상을 떠난 벙어리의 마지막 표정을 떠올리며 나 혼자 펑펑 울었다. 그 다음은 주요섭의 「사랑방 손님과 어머니」였다. 여섯 살 딸을 둔 스물네 살 어머니와 하숙생 아저씨 그리고 삶은 달걀과 편지 봉투에 얽힌 플라토닉 러브 스토리가 내 체질에 딱 맞았던 것이다.

가끔 도서관 4층 옥상에 올라가 서울 시내를 눈 아래에 두면서 두근두근 바라보기도 했다. 종이비행기를 날리면 빙글빙글 도는 그 아래로 서울 복판이 웅크려 있는 것이다. 무시무시한 빌딩들이 손바닥처럼 바싹 붙어 있었고 때로는 소꿉장난감처럼 앙증스럽게 보이기도 했다.

그러다가 나도향과 김동인의 또 다른 단편들에 빠지면서 새로운 느낌을 받은 것이다. 그때까지 나는 사춘기에 입하지 못해 성性에 대해 눈을 뜨지 못했는데도 신기하게 그들 남녀의 애정행각이 떠오르며 몸이 뜨거워지는 것이다. 뽕나무밭에서 일하던 복녀가 중국인 주인 사내에게 불려 가는 내용부터 두근거렸다. 주인 신치규의 꼬임에 빠져 물레방앗간에 들어간 아내의 부정 행실에 낫을 휘두르는 방원의 활극을 보며 가슴이 덜덜 떨렸다. 가장 이상한 인물은 시인 '이상'이었다. 아내가 몸을 파는 옆방에서 저금통에 동전만 채우는 행태를 도대체 이해할 수 없었다.

휴일 어느 날 자취방에서 누나에게.

"주인 영감과 머슴의 아내가 물레방앗간에 들어가면 왜 안되는지 모르지만 소설은 정말 만화와는 결이 다른 재미가 있네. 내가 커 가는 징조인가?"

누나는 눈을 동그랗게 뜨면서.

"책을 좋아하는구나."

"최서해의 「탈출기」는 읽으면서도 가슴이 아파 혼자 눈물도 흘렸어. 북간도에서 '김 군에게 쓰는 편지'인데 임신한 아내가 귤 껍데기를 먹는 장면도 나와. 그래도 귤 껍데기라 다행이야. 나는 불에 탄 쥐새끼를 먹으려는 줄 알고 조마조마했어."

"그런 것도 읽었어?"

"김동인의 「김연실전」이 가장 야해. 김연실은 일제 강점기 '김명순'이라는 신여성 작가인데 그 당시 식민지 남자 작가들이 똑똑한 여자의 등장을 미워하며 일부러 그런 소설을 썼대."

"그것도 알아?"

"김동인, 방정환, 전영택, 김기진까지 모두 김명순을 미워했는데 그중에서 친일파가 아닌 사람은 방정환 하나뿐이야."

깜짝 놀라며.

"네가 문학가가 되려나?"

칭찬해 줘서 힘이 팔짝팔짝 솟았다.

중3 때, 결핵성관절염 진단으로.

성모병원에 20일가량 입원했다가 깁스 상태로 두 달 더 휴학한 사건은 한평생 나의 아킬레스건이 되었다. 가슴까지 석고로 묶었는데 양 다리 사이에 막대기를 연결시킨 건 물건처럼 운반의 편리를 위해서이다. 두 달 내내 누워만 있었는데 대소변 보는 게 수모스러워 음식까지 조금씩만 삼켰다. 그리고 석고 안의 가려움증도 견디기 힘든 거였다. 깁스 안에 손을 넣어 긁을 수 없으므로 연신 다른 상상에 빠지며 가려움증을 잊으려 애를 썼다.

휴학 기간 내내 그렇게 귀향 생활을 했는데 밭매기 품앗이 나온 동네 아줌마들이 새참만 먹으면 우르르 몰려들었다. 그미들이 마루에 올라 석고에 갇힌 나를 오그르르 구경하는 게 고역인 것이다. 회색빛 석고를 슥슥 긁어보다가 혀를 끌끌 차면서 자꾸만 묻는 것이다. 시골 아줌마들은 마음씨는 착했지만 열여섯 살 소년의 민망한 정서를 전혀 헤아리지는 못했다. 바싹 다가와 인정서린 목소리로.

"월매나 심 드냐?"

고개 들이대면 그들의 이마에서 땀방울이 뚝뚝 떨어지기도 했다.

"괜찮아유."

일부러 생끗 웃어줄 때마다 후끈하게 밀려오는 콧김 냄새에 화들짝 움츠리곤 했다. 그렇게 온몸이 석고에 묶인 채 70여 일 정도 보낸 것 같다. 결박된 몸은 고통이었지만 성적표에 대한 안도감만큼은 편안했다.

언제부터였나, 뜰 안에서 절름거리는 중병아리 한 마리가 거슬렸다. 병아리 시절 실수로 나일론 줄이 발목에 동동 묶였는데 그대로 방치되었던 것 같다. 몸집이 커가면서 조인 노끈 위로 종아리가 뚱뚱하게 팽창하면서 묶인 부분의 살이 움푹 파인 채 절룩절룩 안마당의 모이를 찍고 있었다. 닭을 볼 때마다 내 다리 하나가 서서히 잘려져 나가는 것처럼 불편한 것이다.

"저 닭 좀 처리해 주세요."

아버지가 어리둥절하며.

"처리라니? 잡아먹자고? 아직 중병아리인데."

"아니요. 말이 잘못 나온 거예요. 저 닭이 많이 아파요. 조인 끈이 풀리지 않으니 커 가면서 다리가 잘라질 것 같아요. 치료해 주세요."

깁스 몸을 움직여 하소연을 한 게 아버지께 드렸던 내 인생 최초의 부탁이었던 것 같다. 그때 아버지의 진지한 표정을 새롭게 만났다. 중환자실 수술 의사처럼 침착하게 메스를 잡는 것이다. 중병아리 발목에 조인 끄나풀을 조심조심 해체했고 옥시풀을 발랐고 소독했던 붕대까지 지성으로 동여매는 인자함을 보여 주셨다. 끄나풀을 벗겨낸 병아리가 뒤뚱뒤뚱하다가 서서히 총총 뛰어다니는 걸 보며 내 몸도 조금씩 좋아지기 시작했다.

그 후로도 아버지의 인정 서린 표정을 가끔씩 만날 수 있었다. 추녀 밑에 떨어진 제비 다리도 흥부의 눈빛으로 구원하시는 걸 보며 나는 존경과 감탄으로 설레었다. 제비는 아버지의 정성으로 부러진 다리를 펴고 보름 후 푸른 항공으로 훨훨 날개 쳤다가 이듬해 처마 밑에 다시 둥지를 지어 '보은의 상봉'을 시도했다.

하지만 안마당에 침입한 구렁이는 조선낫 한 방으로 쌍둥반 토막 내어 개에게 주었다. 천장에서 뚝 떨어진 쥐새끼는 인정사정없이 밟아 퇴비장에 던졌다. 나는 틈입자 야생의 날것들을 처리할 능력이 없으면서도 아버지의 행위를 잔인성으로 규정했다. 뱀과 쥐에게는 생존의 수단일 뿐 아무 죄가 없다는 생각은 기실 지금도 일부는 마찬가지이긴 하다. 나의 그런 '야생동물 사랑'은 맞는 판단이면서 대책 없는 소리임도 알고는 있다.

성적이 15등으로 더 떨어졌지만 '휴학 면죄부'를 방패로 부모님에게 야단맞지 않는 면피를 받은 게 참으로 다행이었다. 그래도 서울이 싫었다. 풀냄새 피어오르는 고향의 고샅 하굣길 벌판에서 뛰고, 눕고, 뒹굴고 싶은 것이다. 그 증세가 나날이 심해졌다. 밤 10시 하굣길, 수은등 없는 골목길 자취방 유리창으로 내 고향 천수만 푸른 바다가 넘실거리는 것이다.

시내버스에서도 얼핏 밀짚방석, 뭉게구름, 무덤가 잔디 사이에 피어 있는 삘기꽃, 엉겅퀴와 소루쟁이 같은 것들이 둥둥 떠다니는 것이다. 썰물 때마다 뻘흙 여기저기로 기어 다니던 능젱이와 박하지, 장마철 수로에서 팔딱팔딱 뛰는 참붕어 비늘 파편도 사무치게 그리웠다. 그 배경으로 잠깐씩 펼쳐지는 무지개, 뒤로 갈수록 하늘색으로 맞닿는 수평선을 떠올릴 때마다 스크린의 황홀함으로 멍하니 굳어 있기도 했다. 고향으로 돌아가고 싶은 것이다. 병동 퇴원 후 학교에 복귀한 어느 날 아버지에게 편지를 썼다. '서두가 존경하는 아버지께'이니 참으로 쑥스러운 문구이다.

존경하는 아버지께.

서울 생활이 너무 견디기 힘이 듭니다. 배고픈 건 참을 수 있지만 고향이 그리운 건 참기가 힘들어집니다. 저를 다시 고향 중학교로 전학시켜 주세요. 고등학교는 서산 농고 지도과로 진학해서 열심히 공부하겠습니다. 그리고 사범대를 나와서 고향에서 국어를 가르치는 선생님이 되고 싶습니다. 국어를 가르치면서 소설을 쓰겠습니다. 아버지 저를 다시 고향으로 보내 주세요.

1971년 10월 깊어가는 가을날 강병철 올림

그러나 소싯적에 한양으로 유학시킨 자식들을 다시 원위치 시킨다는 게 동네방네 체면상으로도 불가능했다. 그 후 고등학교와 재수 생활까지 몇 년 더 서울에 어둡게 머무르다 지방대학생으로 빼빼 돌았다. 20대 후반쯤 소도시 총각 선생으로 컴백하면서 비로소 잦아진 활력을 되찾은 것 같다.

아버지는 머슴 아저씨와 둘이서 외양간도 치우고 사과나무 가지치기도 하면서 어느 정도 이루어 낸 경제적 안정세에 만족하셨던 것 같다. 하지만 둘째 아들 강병철의 무너지는 성적표 때문에 '부글부글'을 간신히 참아 내시는 게 역력했다. 밥상머리에서 면 소재지 수재 이웃 선후배를 올려놓은 다음 대놓고 부러움을 표시했고 가끔 형제끼리의 성적표를 비교하는 게 고통스러웠다. 그런데 칭찬에 인색하던 부친께서 어느 날 내가 연습장에 써 놓은 낙서들을 얼핏 살피다가 다시 눈을 크게 뜨고 꼼꼼하게 살피시더니 딱 한 번.

"글을 잘 쓰는구나."

얼굴이 환하게 펴지는 것이다. '칭찬은 고래도 춤추게 한다'는 진리를 체득하는 순간이었다. 그랬다. 글을 쓰고 싶은 것이다. 그리고 글을 쓸 때마다 추락하는 성적표의 열등감을 쬐끔씩 회복하며 감성의 리얼함을 구체화시키기도 했다.

끌려가는 아들

교사 첫 발령은 논산 쌘뽈여고.

그 학교가 그리도 좋았다. 동향이자 아버지의 제자이신 조재훈 교수님의 추천장을 약조받고, 이은봉 선배와 공주행 버스를 타던 기억들이 생생하다. 눈 내리는 어느 날, 이은봉 선배는 공주 가는 나들목 유성 터미널에 내려 재빨리 호빵 두 개를 사오며.

"서정인의 「강」에도 눈이 내렸지."

그 순간 나는 백석의 시에 나오는 '나타샤와 당나귀와 소주병'을 둥두렷이 떠올렸다. 조선은행에 근무하던 박용래 시인이 경원선을 타고 달리던 중 두만강 철교 너머로 쏟아지는 눈발을 보면서 펑펑 울던 풍경도 연달아 떠올렸던 것 같다. 아무튼 덕분에 교직에 쉽게 진입하면서 순식간에 신분이 상승되는 것이다. 생애 처음으로 듣는 선생님 소리도 생경하면서도 황홀했다.

나와 동향이신 조재훈 선생님은 내 아버지의 담임 반 제자이기도 했다. 선생님은 아버지 강동원 스승과 함께 과학경시대회를 준비하시며 한때 과학자를 꿈꾸시기도 했고 월반을 하실 만큼 학업이 우수했다. 그러나 워낙 가난했단다. 6학년 졸업반 때는 학교를 두 달가량 결석한 채 밭도 매고 나무도 하면서 희망 없는 생활을 하셨다. 그때 담임이신 아버지께서 찾아와 진학을 권유해서 무작정 중학교 입시를 치렀는데 수석합격으로 등록금을 면제받은 것이다. 그 후 하루 왕복 세 시간거리를 6년 내내 걸어서 등교했다. 그리고 내 아내의 공주사대 국어교육과 은사이시며 우리들의 결혼식에 주례를 서셨다.

아무튼 선생님의 추천 덕분으로 고교 교사에 쉽게 입문한 것이다. 첫 발령지 논산 쌘뽈여고는 참으로 행복했다. 내가 칠판 앞에 서서 교과서를 넘기면 수업 중인 60명 단발머리 소녀들이 동시에 책장 넘기는 소리가 팔랑거려서 가슴이 설레었다. 출석부 들고 교실에 들어서면 소녀들 몇몇이 내 걸음을 흉내 내며 키득거리는 모습들까지 모든 게 변화된 행복이었다. 이상하다. 대학 시절 여대생들의 눈빛을 그다지 받지 못했던 내가 돌연 여고생들의 인기투표에서 선두를 차지하는 것이다.

"내 몸이 갑자기 조용필로 변신했나?"

발바닥이 허공 10센티 위로 둥둥 떠다닐 뻔했다. 소도시 망아지 여고생들이 수줍음 많은 초짜 선생의 발목을 걸며 놀리기도 하면서 그런 풋풋한 교단일기로 평생을 보내는 줄 알았다. 아니, 짧게나마 진짜로 행복했다. 이석구, 이재면 같은 동갑내기 스승들과 주로 놀았고 류도혁, 강승구, 김종도, 이상국 같은 동료들과 참교육을 토론했으며 습작 시인 이재무가 가끔 놀러 와서 막걸리 주전자를 주거니 받거니 하면서 술독에 빠지는 낭만도 있었다.

그리고 대학 시절 데모 행렬에 끼어들지 못했던 내가 소위 의식화 교사의 몸으로 변모하는 것이다. 벗 황재학이 『씨울의 소리』와 『대화』를 한 보따리 가져다 하숙방 문턱에 쏟아 준 것도 계기가 되었던가. 그가 준 잡지 『대화』에서 유동우의 「어느 돌멩이의 외침」을 읽다가 하숙방 탁자를 두들기며 펑펑 울었다. 나는 너무 몰랐다. 이제부터라도 약한 자의 편에 서겠다.

깨어 있는 벗들의 스터디에 끼어들었고 시위대의 스크럼 뒤에서 어깨동무 찬스를 넘실넘실 엿보았다. 전태일을 독파하며 충격을 받았고 루카치와 발자크도 만났다. 폭폭한 세상을 한탄하며 '행동하지 않는 양심'을 벗어나야 한다며 어금니도 깨물었다. 칠판도 글도 노동의 일상도 그렇게 마른 벌판 사르는 들불이 되어야 했던 변혁의 시국, 세파는 혹독했고 나도 그 시국을 피할 수 없었다.

28세 젊은 몸으로 고교 교사를 시작하면서 그렇게 해방 세상을 꿈꾸기도 했다. 동시에 대전의 젊은 작가들의 모임인 『삶의 문학』 동인으로 합체하면서 『오월시』와 『분단시대』, 『시와 경제』 동인들을 만나면서 김진경, 윤재철, 도종환, 김용락, 배창환, 김희식 등과 조우했다. 그들 모두 5월 광주와 5공화국 신군부에 대항하려는 '혁명의 젊음'이었다. 사람을 만나고 글을 써서 행복했다.

그러던 어느 날 대전 KBS에서 지역 작가들을 찾는 프로그램의 취재에 응했던 적이 있다. 대전시 은행동 동양백화점 뒷골목 지하 대성다방이 우리의 아지트였다. 나는 장발과 바바리코트로 문청의 포즈를 잡으며 '문학의 민주화'에 대한 이야기를 딱 한 마디만 했던 것 같다. TV에 나온 그 장면을 부모님이 보시며.

"텔레비전에 나와서도 담배를 피우냐?"

그렇게 핀잔하면서도 아들의 TV 출연에 흐뭇한 표정을 짓던 게 기억난다.

"아들 강병철이 TV에 나왔다."

그렇게 외삼촌과 당숙한테 TV 출연을 자랑하면서 아들의 몸값을 슬그머니 올리면.

"그래요? 또 언제 출연한대요?"

묻는 친척들 때문에 부모님이 기뻐하셨다. 그때만 해도 그 소도시에서 꿈나무들을 키우며 한평생 글을 쓰며 깨어 있는 삶으로 살아갈 줄만 알았었다.

두 번째 TV 출연이 『민중교육』 필화사건으로 연루되어 학교에서 해직된 사태이니, 운명이다. 어느 날 TV 특집에 내 이름자字가 등장하면서 고요한 소도시가 완전히 뒤집어진 것이다. 특집 제목은.

'『민중교육』 당신의 자녀를 노리고 있다.'

'분단시대와 통일교육'이란 좌담도 있고, 폐교된 야학의 사연과 가난한 농촌 아이들의 글 모음도 있었다. 그리고 나는 「비늘눈」이라는 단편 소설 하나를 수록했을 뿐이다. 나의 죄명은 '지방대 졸업생 하나가 사립 고교의 교사가 되려다가 재단 측의 금품 요구에 회의를 품고 임용을 포기함'이란 내용뿐이다. 85년 8월 12일 ㅈ신문 이 주제가 없는 사실을 조작한 '허위사실 유포'가 되고 그 허위사실이 나라를 혼란스럽게 하는 '국기 혼란'이요, 적을 이롭게 하는 '이적행위'로 변조시키는 악마적 편집이다.

그때 문교부장관은 손재석, 그는 그렇게 17명의 교사를 단

칼에 잘라 내면서 청년교사들의 심장에 뽑힐 수 없는 대못을 박아 놓았다. 쌘뽈여고에서는 류도혁 선배와 나까지 두 명의 교사가 동시에 해직되면서 학교가 완전히 뒤집어졌고 그들을 따르던 소도시 보리 이삭 소녀들의 착한 가슴에 상처와 분노를 심어 주었다.

아버지는 당연히 절망에서 헤어나지 못하셨다. 교장 임용 19년차였던 부친께서도 나름대로 도교육청 관료들의 인맥을 찾아 이리저리 끈을 이으며 아들의 상태를 회복시키려 시도했으나 이미 당신의 한계를 넘었음을 깨달으면서 무력감에 빠졌다. 아들의 손을 붙잡고,

"이건 국가적 사건이다. 내 손을 넘었으니 방법이 없다. 큰일 났다."

그렇게 심장을 떨며 불안해 하셨다. 나 역시 날마다 두 개의 마음이 오르락내리락했다. 바깥에 나가면 최교진, 이은봉, 전인순, 이은식, 김진호, 김영호, 임우기, 전무용, 김흥수, 조재도, 송대헌 등과 대책회의를 가졌던 것 같다. 벗들과 결의를 다질 때는 목숨이라도 던져야 할 듯 두 주먹 불끈 쥐다가 막상 귀갓길 현관 앞에 서서 아버지를 떠올리면 어깨가 무너지는 것이다.

그런데 어머니는 달랐다. 놀라시긴 했으나 뜻밖으로 대범

했고 벌벌 떨지도 않았다.

"살다 보면 별일을 다 겪게 되는데 이것도 그 중 하나일 뿐이다. 왜정 시대도 보냈고 사변통도 보냈는데 뭐가 무서우랴? 너 때문에 놀라긴 했지만 자책은 하지 마라. 일제 강점기건 자유당 시대건 애국자들은 모두 고난을 겪는 거다. 피한다고 되는 건 아니더라. 세파에 쏠리지 않는 게 쟁끼.장끼의 사투리. 수꿩, '가장 좋은 선택'의 뜻. 서산 쪽에서 쓰는 말지만 이왕 맞았는데 어떡하냐? 피할 수 없으면 견뎌야지."

의연한 표정으로 철길 옆에서 쑥을 뜯고 태연히 시금치를 다듬었다. 그리고 사건 사흘 후 내가 술떡으로 귀가했던 어느 날.

따르르르르릉.

그해 여름방학 신새벽, 부모님의 아파트로 초인종이 울렸고.

"경찰이다."

내가 벌떡 일어서자마자 덩치 큰 구둣발들이 우르르 쳐들어오면서 가족들 얼굴이 납덩이처럼 굳어 버렸다. 그랬다. 그들은 늘상 예측했던 수위보다 한 수 빠르게 '훅' 치고 들어왔다. 예상보다 강한 펀치에 비틀거리면 갑자기 뒤통수를 내리치며 기를 꺾는 것이다.

"강병철 선생님 댁이시죠?"

아버지는 허락 없이 쳐들어온 새벽 틈입객들 앞에서 침착함을 잃지 않으며.

"『민중교육』 책 읽어 보셨지요?"

먼저 말문을 꺼내셨다.

"… 예."

당연히 거짓말이었다. 그들은 시키는 대로 연행하는 행동대원일 뿐이었는데도 아버지는 지푸라기라도 잡는 심정으로.

"보셨다니 아시겠지만 그냥 소설 한 편 쓴 것입니다. 내 아들은 아무 잘못이 없습니다."

코다리처럼 세모진 턱의 형사 하나가.

"이제 소용없는 소리니까 화끈하게 동행합시다."

그의 말대로 영장 없이 화끈하게 연행되었다. 그때부터 내가, 그리고 우리 『민중교육』 필진들이 움직이고 끌려가는 대로 활자와 지상파를 타고 보도되는 것이다. 지난날이 과거이고 지금 상황이 현재이고 다가올 시점이 미래임을 새롭게 인지하는 순간이었다.

이제 와서 가끔 회한스럽게 떠올린다.

꼭두새벽에 서른 살 아들을 승용차에 실려 보낸 후 아파트에 남으신 아비의 휑한 가슴은 과연 어떤 것이었을까. 초로의 부부는 신새벽부터 부들부들 떨리는 가슴을 어떻게 삭혀 냈을까? 아들의 밥그릇을 치우고 다시 두 분만을 위한 밥상을 차렸을까? 아니면 그냥 공복으로 바깥에 나왔을까? 아들이 끌려간 경찰서까지 버스를 몇 번씩 갈아타고 찾아오실 때의 여름 햇살은 얼마나 뜨겁고 폭폭했을까? 타는 가슴은 과연 어떤 것이었을까? 그 시절을 떠올리며 글을 쓰는 지금 이 순간에도 심장이 미어진다.

또 있다. 가장이었던 아버지의 무게중심이 집안에서 뿌리째 흔들린 것이다. 아프다. 자식들이 세상의 모순에 저항하며 깃발을 들수록 부모의 심장이 죄어든다는 걸 그때의 나는 전혀 헤아리지 못했다. 형제들 어느 누구도 흔들리는 가장의.

'일제 강점기 → 6 · 25전쟁 → 5 · 16쿠데타 → 유신 시대 → 전두환 정권'

그 지난한 시국에서 가족들을 지키기 위한 살얼음판 정서를 인정하지 않으려 했고 오히려 부친의 소심함만 책망했다. 아직까지 후회스럽다. 식솔들의 손에 벙어리장갑 끼우려는 부친의 마음을 이해하고 감싸야 했다. 밥상머리에서 부친께서 조심스레 다독이려하면 오히려 화풀이라도 하듯.

'무릎 꿇고 사느니 차라리 서서 총을 맞겠다.'

비장감을 객기 부리듯 토로하면서 부모님을 불안하게 했던 스크린이 안타깝다. 그동안 부친께서 견고하게 지켜왔던 성곽에 금이 쭉쭉 가는 것이다. 지나간 일이다.

가장 괴로웠던 건 아버지까지 검찰에 연행된 사태이다.

아버지가 근무하는 그 학교는 서해안에서 가장 가까운 면 소재지에 있었는데 많은 교사들이 대전 쪽으로 전출을 희망했었다. 마음 약한 아버지는 평교사들의 근무 평점 때문에 수시로 고민에 빠졌었다. 그런데 누구의 수작이었을까? 대전 근방으로 전출된 모든 교사를 불러 뇌물수수 여부를 조사한 것이다. 다행히 그날 저녁 때 풀려나셨다. 추석 때 돼지고기 몇 근 받은 게 나오긴 했지만 금품수수가 전혀 없었던 것이다. '김영란법'이 나오기 수십 년 전이라 돼지고기 몇 근까지는 직장 상사에 대한 예의로 넘어갈 수 있었다.

"똑바로 얘기하숏!"

아들 또래의 새파랗게 젊은 검사가 목청을 높여도 아버지는 공손하면서도 단호하게 결백을 주장하셨다.

"사실입니다. 최윤희 선생님은 교실 운영을 잘하시고 아이들에 대한 사랑이 넘쳐서 높은 근평 점수를 드렸고 이종환 선생님은 아이들에게 산림녹화와 소방 교육을 잘 시키고 특히 환경 미화에 탁월한 능력을 보여 주셔서 좋은 평점을 주었습니다. 검사님 믿어주십시오. 저는 이제 인생의 황혼길입니다. 교단 40년 동안 단 한 번도 금전적 뇌물을 받은 적이 없습니다."

'아버지까지 다치면 우리 집은 망한다.'

그 마음이었다. 나는 온몸이 소진되는 느낌으로 주저앉았다. 솔직히 '투서한 사람'이 짐작은 가지만 지금은 그도 망자가 되었으므로 원인 무효가 되었다.

그래서일까, 아버지는 나의 결혼을 특별히 기뻐하셨다. 두 명의 동생이 먼저 둥지를 튼 다음 늦깎이 신랑이 된 것도 이유겠지만 그 보금자리를 통하여 내 몸에 젖어 있는 해직 교사의 음울하고 전투적인 분위기를 걸러낼 수 있다고 생각하셨기 때문이다. 가족 사랑에 빠지면 바깥에 돌아다니지 않을 거라며, 당신의 토끼 같은 손주들을 무르팍에 앉히면서.

"이게 행복이란다."

나를 향하여 더 이상 세파에 연루되지 않길 바라는 눈빛을 보내시곤 했다. 그 후 전교조와 풍파를 함께 하면서 징계의 수위가 오르락내리락할 때마다 아버지는 좌불안석을 표시내면서 소매를 당기고 가슴을 짓누르셨다. 그렇게 자식들이 '민주주의와 빵과 통일과 사랑'을 토로하며 주먹 쥐는 표정을 지을 때마다 아버지는 끊임없이 낮아지셨으니, 가장의 위엄이 가차 없이 흔들린 것이다.

아버지는 내 아들, 딸들을 맡아 키우시며 맞벌이 부부를 지성으로 지켜 주셨다. 부모님이 손주를 키워 주실 때 우리 부부가 주말마다 찾아갔는데 그때의 손주 돌봄 기억을 오래도록 행복하게 되새김질하셨으니 감사한 일이다. 손주들도 봄 햇살 받으며 옥녀봉에 오르기도 했고 어항 속 금붕어와 눈이 마주치는 해맑은 유년기를 보내면서 조부모를 기쁘게 했다. 때로는 노부부가 손주의 재롱을 흉내 내며 키득대기도 하셨단다.

소소한 말썽 사태도 있었다. 어느 날 어항 청소하느라 금붕어들을 바가지에 임시로 옮겨 놓았는데 네 살 아들 강등현이 그걸 엎질렀다. 리모컨을 찾아 엉금엉금 기어가다가 뒷발차기를 날린 것이다. 바가지가 엎어지자 방바닥에 물이 깔리고 그 위로 금붕어 비늘이 팔딱팔딱 떨어지며 완전히 난장판이 되었다.

"느이 어머니가 딱 한 대 호되게 때렸는데 울지도 못하더라."

미안한 표정으로 고백했었다. 강산이 또 서너 번 바뀌었다.

오빠가 효자라네

세월이 빛의 속도로 흘렀고.

아버지의 팔순을 즈음하여 처음이자 마지막으로 당신의 서적을 출간했다. 그니는 문장력이 뛰어나진 않았으나 책상 앞에 앉아 있는 걸 좋아하셨다. 일단 자리에 앉으시면 두세 시간씩 움직이지 않았으며 바느질하듯 꼼꼼하게 글을 옮기는 노력파였다. 당신의 초고는 그냥 편지지에 쓴 세련된 흘림체 글씨였는데 그걸 타이핑해서 옮기는 나의 작업도 여간 만만치가 않았다. 글씨체는 멋이 있었지만 아버지의 흘림 필체를 꼬박꼬박 분석할 때는 머리에 쥐가 나는 것 같았다. 마치 암호 해독하듯 머리를 쥐어짜면서 나는 불효자 타이틀을 만회할 절호의 기회로 생각하며 열심히 교정을 보았다. 만화가 동생 강병호가 편집을 맡아 밤을 새우면 벗님 장영도 디자이너가 편집을 배치해주었다. 그때 출판사 사장은 온누리 김용항 선배이고 망자가 된 시인 윤중호도 거기 있었다.

당신의 저서 『뿌리를 알아야 미래가 보인다』온누리刊는 충남 서산시 부석면 중에서 주로 대두리 일대를 조사한 그야말로 '발로 뛰며 채록'한 글이다. 한머리 일대 주민들의 세대별 이력과 가족사를 연결했고 동네 곳곳의 작명 사유를 조사했다. 그리고 자치기와 고무줄놀이 실타래 놀이 같은 사라지는 풍속도를 꼼꼼하게 그려 내셨다. 특히 '재래식 꽃소금 만드는 방법'을 기록한 것 등은 태안반도만의 특별한 자료가 되리라. 일제 학도병으로 끌려갔다가 블라디보스토크에서 목숨을 건 탈영을 시도한 사연도 부록처럼 붙어 있다. 책을 처음 출간하신 그 80세가 아버지의 마지막 활력이었던 것 같다.

엄청 기뻐하셨고 특히 나를 칭찬하셨다. 동창생들의 주소록을 만들어 일일이 우편발송을 하시면서도 뿌듯한 표정이셨다. 고향 사람들을 시내 식당으로 불러 책을 풀고 술도 쏘고 싸인도 하시며 흐뭇하게 취하기도 하셨으니.

91세 어느 날, 아버지는 여느 때처럼 아침 체조를 하시던 도중 쓰러지셨다. 발이 삐끗하며 냉장고와 벽 사이에 머리가 박힌 것이다. 그리고 스스로 일어나 피를 닦으신 다음 119를 불러 병원에 입원하시면서 마지막 홀로서기를 보여 주신 것이다. 수술을 마치고 병원 침대에서 아들을 보자마자.

"좋은 세상이구나."

그렇게 당신께서 살아날 수 있다는 확신을 보이셨다. 그게 마지막 바깥 생활이 될 줄은 까맣게 몰랐을 즈음이다.

노인 병동 2년 7개월.

아버지로선 그 기간이 돌이킬 수 없는 회한의 세월이 되었다. 노인 병동 할머니들은 휴게실에서 TV도 보고 대화도 두런두런 나눌 때도 있었지만 사내들은 달랐다. 컴퓨터는커녕 TV도 없이 각자 벽을 치며 묵언수행처럼 투병일기를 견디는 중이었다. 침대 건너편과 서로 담을 쌓는 이유는 중증환자의 고립도 이유가 되지만 귀가 들리지 않기 때문이었다. 노인대학에서 아버지의 제자였던 환자 한 분이 같은 병동에 입실하면서.

"저 선생님을 여기에서 만나 처음에는 반가웠어. 함께 얘기하며 병상을 견디려 했는데 귀가 안 들리시네. 가는귀 먹은 사람끼리는 대화가 먹통이거든."

안타깝지만 각자의 침대에서 따로 보냈다.

이상수 감독의 영화 『돈의 맛』은 윤여정을 비롯한 이미숙, 고현정, 최지우 등의 여배우들이 신경전을 펼치는 19금 청불 영화이다. 여기에서 비중 높은 조연 배우인 재벌 윤회장박윤식은 닥치는 대로 돈 장난을 치고 적나라하게 바람도 피우는 초로의 사내이다. 그 광란과 질주 도정의 어느날 스크린이 어두워지면서.

“내가 언제 기저귀 차고 누울지 어떻게 아냐?”

그 대사를 듣는 순간 나는 사람에게는 생의 마지막 타이밍 직전에 갓난아기처럼 기저귀를 찬다는 사실을 처음 알았다. 또 있다. 원조 재벌인 윤회장의 아버지가 날마다 간병인의 포대기에 싸인 채 일상을 의지하는 스크린이다. 밥도 먹여 주고 대소변도 받아 내는 것이다.

아버지도 마찬가지로 기저귀와 소변 줄에 의지하셨다. 그때까지 나는 소변 줄이란 게 남자의 성기 위에 고무호스를 덮어씌워서 오줌을 받아 내는 줄 알았다. 아니었다. 성기의 오줌 나오는 구멍 사이에 아주 작은 호스를 주사바늘 찌르듯이 끼워 넣는 것이다. 무섭다. 그리고 누구에게나 닥치는 미래이다. 그 대신 아버지는 그 후에 책과 신문을 보셨고 침대에 걸터앉아 식사를 하셨으니 적어도 겉으로는 최소한의 품격을 유지할 수 있었다.

그보다 더 안타까운 환자는 콧줄 식사에 의존한 채 생의 마지막을 보내는 옆 침대 환자였다. 식물인간이나 그 직전의 모습이랄까? 그는 항상 입을 벌린 상태로 한마디 말도 못한 채 숨만 새근새근 쉬었다. 밥상이라곤 아예 없고 가끔 링겔만 갈아 끼울 뿐이었다. 조금 안쓰러웠지만.

'저렇게도 사는구나. 결국 여기가 세상의 마지막일 텐데 목숨을 오래 보존한다는 건 과연 어떤 의미가 있는 것일까?'

생각했을 뿐 더 이상 눈길을 주지는 않았던 것 같다. 가끔 그의 가족들이 나타나 흰소리 같은 위로를 던지는 걸 보긴 했지만 전혀 관심이 없었다. 그때까지 그 사태가 내 어머니에게도 닥치리라고는 꿈에도 몰랐을 즈음이다.

어머니도 거의 날마다 택시를 타고 병원 방문을 하셨으니 가히 개근상 수준이었다. 인근 개발 공업 도시에 소재한 대산고등학교에서 마지막 근무 중이던 나도 일주일에 두 번 정도 찾아갔다. 운전 면허증이 없던 나는 서산 터미널에서 요양 병원까지 걸어 다녀야 했다. 서산 터미널에서 의료원 쪽으로 걸음을 옮기면서 눈 내리고 바람 부는 계절을 보냈다. 다시 봄날의 새순을 보면서.

'계절이 또 바뀌는구나.'

글썽글썽 어깨를 들먹이곤 했다. 터미널 청과물상회에서 바나나와 방울토마토를 샀고 포장마차에서 호두과자를 구입한 다음 의료원 길목에서 컵라면으로 울멍울멍 배를 채웠다. 그리고 가끔 생각에 빠졌다. 이 고단한 일상의 마무리는 과연 어떤 모습일까?

그러나 코로나 이후 어머니가 쓰러졌을 때는 그때와 비교가 안 되게 악화되었다. 방문객을 막는 것이다. 출구마다 이중삼중의 검색을 했으며 특히 요양 병원에서는 모든 면회가 아예 차단되었다. 그러니까 코로나 이전과 이후의 가장 큰 차이가 바로 면회의 가능 여부이다. 다행이랄까, 아버지의 병상은 그보다 한참 이전의 상황인지라, 그나마 괜찮은 상태인 줄조차 까맣게 모를 즈음이다. 아무튼 아버지의 면회는 마음만 있으면 언제나 가능했다.

아버지는 몸이 시나브로 쇠해지면서도 오래된 기억에는 갈수록 선명해지셨다. 특히 여동생 강병선과 조우할 때마다 흘러간 기억들을 하나씩 꺼내셨으니 '맞춤형 스토리 텔러'라는 게 있긴 한 것 같다. 오랜 동안 침상에 외롭게 누워계시다가도 막내딸이 찾아올 때마다 기억의 자루를 하나씩 풀어내는 것이다. 중복된 주제도 여러 차례 있었지만 자식들 모두 조신한 표정으로 귀를 기울였고 가끔 질문도 드렸다.

열여섯 초여름, 어느 여름방학 소금 구루마를 따라가다가 바퀴에 치여 발목이 뒤로 꺾였단다. 갈마리 고목나무집 서의상마을 침술사의 침을 맞고 감쪽같이 회복한 사연도 여러 차례 되풀이하셨다.

"첫 번째 침은 아픈 줄 몰랐어. 두 번째 침부터 통증이 시작되었다는 건 신경이 쬐끔씩 되살아난 거야. 세 번째 침에서 너무 아파 '아야야' 소리를 질렀는가 싶더니 꺾인 발목이 금세 우지끈 소리 내며 쭈욱 펴지는 거야. 신기한 의술이지. 이튿날 달걀 한 줄로 감사 인사를 했더니 '고맙다'며 입술이 찢어지더라. 훌륭한 의사였어. 나중에는 근동 사람들은 물론 서산, 태안, 당진, 심지어 대전에서까지 구름 같이 모여들었어. 싸게 치료를 받고 가볍게 낫곤 한 거야. 그런데 언제였더라, 누군가 그 고마운 선생님을 불법 시술로 고발해서 끌려간 거야. 면허증이 없다나."

당시 청년이었던 갈마리 서의상은 수십 년 넘게 그 고목나무집에서만 침술을 했다. 내가 열한 살 때까지 침술 봉사를 하다가 어느 날 경찰서에 불려 가면서 막을 내렸다. 무면허 시술이 이유였다.

"공주고보 시절이니 왜정 때이지. 집에 오려고 서산 차부에 하차하면 부석행 막차가 끊어지는 거야. '서산—부석' 완행버스가 하루 딱 석 대인데, 늦은 네 시가 막차인 걸 알면서도 삼십 리 길을 걸어갈 각오로 무조건 서산 차부에 도착하고 보는 거야. 밤길 두어 시간을 하염없이 걸어갈 각오를 한 상태야. 아무리 각오를 했지만 취계장벌 너머 공동묘지 통과할 때가 가장 으스스해. 실제로 처녀귀신을 만나 죽은 사람 얘기를 들은 후라 더 무섭지.

나는 입술에 담배를 세 대나 물고 이빨을 으드득으드득 깨물며 통과했어. 고등학생이 무슨 담배를 피우냐고? 그때 고등학생은 완전히 어른 대우를 받을 때야. 교복 차림에 모자 쓰고 요릿집에 출입해도 한복 입은 여자가 허리를 굽신하며 '어서 옵쇼. 멋쟁이 도령님들.' 하며 병풍 방으로 안내하던 시절이야."

"귀신이 진짜 있긴 한가요?"

아버지는 고개를 끄떡이며.

"낮에는 나타나지 않아. 한낮의 묘지는 그래서 솜이불처럼 편안해서 나무꾼들이 등받이로 기대어 낮잠도 잘 수 있지만 밤이 되면 숨어 있던 온갖 혼령들이 나타나 은혜 입은 사람에게 보은도 하고 더러는 죄과를 들쳐서 단죄하기도 하지. 이도 저도 아닌 깡패 귀신들은 길목을 지키고 있다가 닥치는 대로 물어뜯고 쑤시며 지나가는 사람들을 괴롭히지."

오밤중의 공동묘지 귀신을 인정하셨다.

"은혜를 갚는 건 도깨비잖아요?"

아버지는 어, 그런가, 하는 표정으로 멈칫하시다가 고개를 끄떡이며 인정하셨다.

김종필 정치인 이야기는 그의 정치적 색깔론과 무관한 동창생 친분 스토리다.

"박정희와 김대중 대통령 때 두 번 총리를 먹었으니 내 친구 중에 가장 출세한 인물이지. 박정희 정권 초기의 첫 해후는 지금의 천수만 AB지구 간척지를 처음 건설할 때야. 입구에 들어가는데 가죽잠바 수행원들이 우르르 막았어. 걔네들의 제지를 무릅쓰고 무조건 뚫고 들어가니 이 친구가 깜짝 놀라 반색을 하는 거야. 하하하. 악수를 하니까 뒤따라오던 수행원들이 쭈우 하고 돌아갔지. 그 후 주변 사람들의 눈빛이 확 달라지더라. 교무실까지 그 소문으로 도배를 했으니 출세한 벗님 행차에 나팔 한번 불어본 거지.

두 번째는 삼십여 년 지나 김대중 대통령 때인데 '묵은 술이 광술'이던가 DJP연합으로 또 총리를 해먹었어. 이듬해 무시무시한 홍수사태로 도비산이 무너지면서 난리가 나고 대두리 밭까지 자갈로 덮였는데 총리가 시찰을 온 거여. 인파가 몰려 눈을 맞출 수가 없었는데, 내가 구경꾼들 틈에서.

'강동원이두 왔어.'

소리치니까, 깜짝 놀라 뒤를 돌아서며.

'어이 칭구. 살아 있네.'

덥석 껴안는 거야. 그가 참나무보 제방을 시멘트로 고치라고 지시해서 완전히 개조했으니 이제 어떤 홍수에도 끄떡없을 거여. 아마 이백 년은 견딜 걸. 그 대신 시멘트 제방이 직선이라서 물고기가 싸그리 사라진 게 안타까워. 꾸불꾸불 모래 개울에 흙탕물도 섞이고 그늘도 서려야 고기 떼가 모이는 법이거든."

그리고 내 아들 강등현에 대한 칭찬을 또 몇 번째 되풀이하신다.

"부처님 같은 애야. 어항갈이 할 때."

나는 '그 애긴 지난번에 하신 건데요.' 라고 막을 수 없었다.

"물갈이 하려고 따로 옮겨 놓은 금붕어 바가지를 발로 뻥 차서 방바닥 홍수 사태가 터진 거여. 즈이 할머니가 꿀밤 한 대 아프게 쥐어박았는데 울지도 않더라. 쬐끔 아픈 건 참는 거라나."

그렇게 대략 다섯 번은 더 들은 것 같다.

"책을 잡으면 한 시간 이상 집중을 하니 느이 아들, 딸 모두 공부를 잘할 징조야. 역시 사람은 두상이 넓적해야 지식 곳간이 넉넉하게 확보되는 거야."

면적이 넓은 손주들의 두상을 긍정적으로 해석해 주셨다.

이번에는 강제징집 학도병 시절 탈영한 이야기다.

"일본군 대장 그놈은 사람 목을 자르고도 눈빛 하나 움직이지 않는 독사 같은 놈이지. 전투 직전 꿈속에 호호백발로 나타난 아버님이 '빨리 도망치지 않으면 죽는다' 하며 불호령인 거야. 기상점호를 빠진 채 배를 쓸어안고 뒹구니까 날이 시퍼렇게 선 칼로 찌를 듯 노려보는데 진짜 죽는 줄 알았어. 환자부대에 나만 빼놓고 모두 출정했는데 루스키 섬 전투에 나간 군인들은 소련 전투기에 전원 몰사를 당하고 단 한 명도 살아남지 못했어. 화로 위에 등잔불 떨어뜨리듯 두만강 철교가 온통 잿빛 연기야. 포탄이 쏟아질 때마다 시체들이 회오리 만난 볏단처럼 하늘로 솟구쳤다가 강물 속으로 풍덩풍덩 떨어지는 거야. 공습도 무섭지만 목숨도 그리 허망한 거야. 아무리 독사 같은 인간도 포탄 앞에서는 단방에 죽는 거야. 인간 목숨이 한갓 먼지와 같더라."

잠시 가슴을 누르시다가.

"그런데도 서로 이유 없이 죽이고 때로는 재미삼아 죽이는 게 인간이란다. 난징대학살 때는 '살아 있는 사람 목 자르기 시합'을 벌였으니 인간 심장에 악마가 숨어 있는 게 틀림없어. 내 그놈들 이름을 아직도 외운다. '무카이'와 '노다' 두 놈이 살아 있는 사람의 목을 놀이하듯 자르고 또 자르는 거야. 중국인 포로들은 무릎 꿇린 채 공포에 떠는 데 킬킬킬 웃으며 칼을 휘두르면 구경꾼까지 박수를 치는 거야. 휘두를 때마다 목이 댕강댕강 잘려 나가고 또 자르고 아무리 잘라도 승부가 안 나니까 연장전까지 벌인 거야. 무카이가 106명, 노다가 105명의 목을 잘랐으니 무카이가 모가지 하나 차이로 이긴 거라고 「동경일일신문」에 보도되었단다. 살인마를 영웅으로 치켜세운 놈들도 모두 기레기들이지. 세상이 미쳐 돌아가면 구경꾼들도 쥐떼처럼 우르르 따라서 미치는 거야. 놈들의 신념이랍시고 떠드는 사무라이 정신이 패전국 백성에게는 '지옥의 악마'가 되는 거여. 일본 놈뿐만 아니라 백인 놈들 중국 놈들 죄다 약소국들을 그렇게 약탈했어. 인간에게 '절대악'이 없다는 건 새빨간 거짓말이야. 인간의 심장에는 천사도 있지만 악마도 분명히 있어."

90이 넘은 아버지가 '기레기' 같은 용어도 아셨으니 대단한 일이다.

그러니까 아버지의 귀는 제대로 들리지 않았지만 소통을 좋아하신 거다. 병상에 누워서도 귀엣말 대화는 가능했고 그걸 즐기셨다.

"입영 신체검사가 끝난 저녁 때 나를 끌고 간 야스다 놈은 해방 후에라도 내가 고발을 했어야 하는데 마음이 약해지더라. 광복이 되자마자 재빨리 얼굴을 바꾸더니 거꾸로 군청 높은 자리에서 회전의자 돌리며 으스댔으니… 게다가 광복절에는 독립 유공자 가슴에 훈장까지 달아 주는 거야. 피해자인 내가 입을 열지 않았으니 할 말이 없지."

'피해자가 직접 찌르는 건 '고발'이 아니라 '고소'인데요.'

그 단어의 차이는 끝내 점검하지 못했다. 아버지께서 곧 이어 말씀하신.

"미군과 소련군 모두 이상한 놈들이야. 대동아 전쟁에서 이겼으면 패전국 일본을 남북으로 반반씩 갈랐어야지, 왜 엉뚱하게 식민지 조선 땅을 쪼개어 분단을 시켰는지 이해가 안 가."

그 말씀에 내가 '앗, 그러네욧.' 하며 적극 공감했기 때문이다.

이번에는 인생 철학 스토리인데 이미 나도 여기저기서 들은 이야기이다. 역시 알면서도 나는 듣기만 했는데.

"어떤 나그네 하나가 사자를 피해 도망칠 데가 없어 벼랑으로 뛰어내렸는데 막상 저 절벽 아래에 큰 뱀들이 입을 따악 벌리고 그가 뚝 떨어지기만 기다리고 있는 거야. 내려갈 수도 올라갈 수도 없는 나그네는 바위 옆으로 삐져나온 관목에 대롱대롱 매달렸단다."

나는 '아는 얘기예요.' 하며 차마 끊을 수 없어서 조붓한 자세로 듣기만 했다.

"그런데 위를 보니 흰쥐와 흑쥐가 번갈아가며 나무를 쏠고 있었어. 두 손을 놓지 않아도 결국은 가지가 부러져 죽게 되는 거지. 그 와중에 나뭇잎 밑에 흐르는 꿀을 발견하고 '야호, 단물이다' 하며 꿀맛에 취해 혀로 연신 맛있게 핥아먹는 거야. 그게 인생이지. 노자에 나온 얘기던가, 이제 기억력이 쇠퇴해서 가물가물하네."

뒷부분에서 그렇게 갸우뚱하신다. 나는.

'노자가 아니라 불경의 '빈두설경賓頭說經'에 나오는 사연이구요. 흰쥐와 검은쥐는 낮과 밤이 번갈아가는 걸 비유한 거라구요.'

그런 토를 달지는 않았다.

영국 여행 이야기는 천상 사열대에 올라선 교장님 훈시 스타일이다.

"런던의 가로수가 사과나무인데 글쎄 박 교장 사모님이 그걸 따려고 껑충껑충 뛰더니 나뭇가지를 냅다 휘어당기는 거야. 내가 '안 돼요. 길가의 사과 열매가 지금까지 주렁주렁 매달린 건 이 나라 사람 아무도 건드리지 않았다는 의미지요. 자국민들이 관상수로 보존하는데 대한민국 관광객들이 나타나 뚝 따간다면 국격에 대한 문제지요. 동양인은 역시 미개인이라며 얼마나 무시하겠소?' 하고 냅다 야단을 쳤더니, 얼굴이 발개지면서 잘못했다는 거여. 흘흘흘."

교장님들이 운동장 조회 내내 그렇게 애국 훈시를 하면 우리 조무래기들은 전교생 차렷 자세로 땡볕 아래에서 진땀을 뻘뻘 흘렸었다. 하지만 배달민족의 어원 풀이는 그 중에서 가장 재미있고 신선했다.

"우리 민족이 왜 배달민족이라고 하느냐? 짜장면 배달에서 나온 거냐? 대답해 봐. 국어 선생이 그런 걸 모르면 안 되지."

내가 다시 착한 표정으로 경청하는 표정을 짓자.

"원래 '배달민족'이 아니라 '박달민족'인데 순 우리말을 한자어 발음으로 차용시킨 거야. 단군 할아버지의 '단'이 박달

나무 단檀이지. '박'은 '밝'이고 '달'은 '머리'의 고유어야. 그러니까 배달민족은 '밝은 머리 민족'이지. 백두산白頭山도 '밝은 머리 산'이지. 두만강도 그렇고 느이 동네 한머리도 대두리大頭里이잖니? 애들은 짜장면 배달하는 오토바이를 '배달의 기수'라고 하는데 농담이 지나치면 진담이 되는 거야."

그때 여동생 강병선이.

"엄마 말고 다른 여자는 만난 적 없었나요? '이제는 말할 수 있다', 이런 식으로, 솔직히."

아버지는 민망하신 듯 흐흐흐 웃으시더니.

"연애는 못해 봤지… 으흠."

잠시 뜸을 들이더니

"공주고보 시절 그 학교 전체에 여자라고는 딱 두 명밖에 없었어. 한 사람은 양호실에 있는 박희진 선생님이고 한 사람은 서무과에 있는 열아홉 살 박남이 양인데."

"뭐라구욧? 아직도 이름을 기억을 하신단 말예요."

"… 일제 시대로서는 특이한 이름이라 선명해. 그땐 모두 영자, 춘자, 문자, 금자, 순자라 부를 때거든. 공주고보에서 그 여자를 좋아한 청년학도들이 50명도 넘었어. 그런데 워낙 예쁘니까 아무도 대시를 못한 거지."

잠시 뜸을 들이시더니.

"내가 졸업하고 하루 늦게 짐을 싸서 학교에 들렀다가 우연히 마주쳐서 눈인사만 하고 공주 차부에 가는데… 이상하게 뒷목이 당기는 느낌이야. 뒤를 돌아보니 글쎄 박남이 양이 따라오더니 제민천에서 산성동 차부까지 짐을 들어 주는 거야. 가끔씩 팔뚝이 부딪치면 몸이 후끈 뜨거워지더라. 차비가 모자라 당황하는데 돈까지 선뜻 꿔 주는 거야. 그게 끝이야. 교무실 전화번호가 있었지만 엄두를 낼 수 없었고 다음 약속도 못했으니 그 후 공주를 가더라도 학교 담장만 쳐다보고 연락조차 못하다가 영원히 헤어진 거야. 싱겁지? 흐흐흐 옛날 연애라는 게 죄다 그 정도 '갑돌이와 갑순이'의 짝사랑 수준이고… 아니야. 그때도 계집 호리는 선수들이나 한량들이 있긴 했어. 내가 순수했다는 거지."

그러다가 문득 목소리를 낮추어 여동생 귀에 속삭이신다. 내가 귀에 손바닥을 대어도 가물가물 들리지 않는데 장년의 누이 강병선이 아버지의 눈곱을 떼다가 나를 보며 화사하게 웃더니.

"오빠가 효자라네. 효자 아들."

엄지척을 보내는 것이다. 뭉클하다. 아, 초로를 보낸다는 건 기쁨과 슬픔의 사연을 한꺼번에 껴안고 가는 도정인 게 확실하다.

도대체 무슨 효도를 했을까.

나는 입시에 세 번밖에 떨어지지 않았고 깁스 병상 3개월의 사춘기를 보냈을 뿐이며 경찰서에도 세 번만 끌려갔으며 교도소도 아닌 유치장 경험이 한계점이었다. 해직 교사도 3년 8개월로 마감하여 빵잡이 벗님들에 비하면 훨씬 양호하니 그 잣대로는 부모의 속을 엄청 썩이는 불효막심에서 벗어날 수 있다. 동생 둘을 결혼시킨 다음 늦깎이 둥지를 튼 것도 그나마 아주 심한 불효의 경계를 벗어난 셈이다. 징계위원회도 네 번밖에 출두하지 않았고, 한 달에 음주를 절반 정도만 했으니 나머지 절반은 정신이 멀쩡했다. 운전면허증은 없지만 면허증 있는 아내와 결혼을 했고 급속 발진으로 과속방지턱을 훽훽 점프하고도 교통사고가 터지지 않는 천운의 아들놈도 키워 냈다. 머리카락도 일 년에 두 번은 깎았으니 장발이지만 꽁지머리를 시도하지 않았고… 아들, 딸을 방치했는데도 무럭무럭 잘 커줬다, 며 갸우뚱하는 중이다.

그때까지 나는 병상의 아버지와 대화를 나눈다는 게 그토록 다행이라는 사실을 꿈에도 몰랐다. 그저 병상의 아버지를 만나는 순간이 아프고 비통했을 뿐이다. 나중에 어머니가 입원하고서야 아버지의 병상이 그나마 행복했음을 알았고.

아버지는 병상에서도 '당뇨와의 싸움'을 멈추지 않았다. 딸기와 과자를 차단했고 방울토마토와 단맛이 제거된 마른 건빵만 고수하셨다.

2017년 9월 28일 저녁, 병원 석식으로 쌀밥이 나오자,

"나는 당뇨 환자라서 흰쌀은 안 돼."

바꿔 나온 잡곡밥 반 그릇 정도 힘들게 떠넘기시고 여덟 시간 후 운명하셨다. 그랬다. 아버지 혼자 초저녁 일곱 시를 보냈고, 여덟 시 소등 이후 어둠 속에서 밤 열한 시와 자정을 보냈고, 또 몇 시간 내내 홀로 가쁜 숨만 내뿜다가 운명하신 것이다. 피붙이 모두 까맣게 단잠에 빠진 초가을 밤 세 시였다. 그 실루엣을 떠올릴 때마다 나는 밀려오는 고독을 견딜 수 없다.

2부

신여성은 아니지만 모던했던

외할머니는 꽃가마 타고 생강밭을 넘으실 때 두 명의 여자 종을 데리고 오셨다. 머리 빗겨 주고 옷 챙겨 주는 여자와, 밥과 빨래를 해 주는 여자가 새색시 따라 수족처럼 붙은 것이다. 뜬돌면 천석꾼의 맏아들인 외할아버지는 글줄이나 읽은 총각이었으니 박학다식한 선비풍 사내였다. 매사에 낙천적이고 인정도 많았으며 물 건너 일본 여행이나 경의선 철도로 만주행도 즐기는 돈 많고 잘 노는 구한말 한량이었다. 흰 얼굴에 눈이 크고 생글생글 웃을 때마다 동네 아낙네들이 힐끔힐끔 곁눈질하던 풍모였다.

상급 학교에 진학한 그의 남동생 두 명은 모두 공직으로 진입하며 승승장구 중인데 맏아들인 그 혼자 사업을 한다며 통

크게 시동을 걸었다. 일본 회사에 골재를 대주는 유통 사업인데 불과 몇 년 사이에 죄다 말아먹은 것이다. 여기저기 돈을 끌어 모아 군산 쪽에서 선박 사업으로 재기를 시도했으나 사기꾼에게 걸려 또 말아먹게 되었다. 읍내 입구에 상가를 차려 마지막 시도를 한 차례 벌이긴 했으나 역시 그마저 폭삭 망하면서 완전히 빈털터리가 되었고 영원히 회복 불가로 팽개쳐졌다. 어떻게 손을 써 보려고 다시 만주와 일본을 오가면서 재기를 도모하려 여기저기 기웃거리다가 남은 가산마저 선명하게 탕진한 것이다. 그 후 혼자 방에 앉아 책을 보거나 화투패를 떼시며 나머지 시간을 보내셨다. 유년 시절의 내 기억에 잘 생긴 백발의 할아버지가 책을 읽거나 화투짝 떼는 모습만 보았을 뿐 노동을 하시는 걸 본 적이 없다.

외할머니 혼자 한평생 고단한 농사꾼으로 변신했으니 불쌍하고 애처로운 팔자다. 데리고 온 여자 종들은 죄다 대처로 돌려보냈고 그미 혼자 남아서 이 고샅 저 고샅에서 호미질을 시작했다. 남편은 논두렁 밭두렁에 얼씬도 하지 않고 사랑채에서 풍월이나 읊는데 몰락한 집안의 지어미 혼자 남의 집 품팔이까지 다니며 기우는 가산을 지탱했다. 자식들을 가르치지는 못했지만 간신히 밥은 굶기지 않았던 것이다. 그러면서도 천성이 너그러워 남편에게 단 한 번도 '돈 좀 벌어와. 제발.' 하는 식의 타박을 주지 않았으니.

"지아비까지 농투성이가 되는 게 싫었어. 사내 하나라도 집안 기품을 지켜 주는 풍모라도 보여 주는 게 좋았던 거야. 밭 매다가 점심 챙겨 드리고 또 밭 매러 나왔다가 저녁 챙기며 자존심을 세워 드렸어. 여자 팔자가 그런 뒤웅박 팔자인 거지."

외할머니 먼저 세상을 뜨시면서도 평생 실업자인 지아비를 단 한 번도 원망하지 않았다.

초등학교 저학년 때 나는 하굣길마다 외갓집을 들렀다 가기 위해 일부러 ㄷ자로 빙 돌아서 집에 오곤 했다. 깨밭이 있고 미루나무 언덕을 넘으면 저수지가 보이는 그 길이 좋았다. 유년의 나는 원래 코를 많이 흘려서 별명도 '코훌쩍이'였으며 집 안팎에서 '코 좀 닦아라'라는 핀잔을 달고 살았던 것 같다. 그래서 외갓집이 보이는 동구 밖 저만치에서 고샅의 깻잎을 따서 코를 팽 풀었다. 그리고 코 밑까지 시퍼렇게 싹싹 닦은 다음 사립문에 들어가면.

"우리 병철이 코도 안 흘리고 다 컸네."

개복숭아를 닦거나 찐고구마를 꺼내 주셨다.

어머니는 그 몰락한 예전의 갑부네 8남매의 맏딸로 태어났다. 원래 맏아들 아래 둘째인데 바로 위의 오빠가 작은집으로 양자를 갔으므로 큰딸로 올라온 것이다. 어머니의 숙부는 소도시의 부군수로 출세가도를 달렸는데 슬하에 자식이 없어 고민하다가 양자를 들인 것이다.

"손을 본다는 구실로 첩을 보지 않고 스스로 양자를 들였으니 부부 금슬도 좋은 집이지. 머리도 깨어 있고."

어머니의 나중 얘기이다. 아무튼 김현송 소녀는 얼굴이 하얗고 눈이 크고 초롱초롱했으며 살림살이 정돈도 반듯했다. 나이백이 동급생 틈에서 우등상을 타기 위해 호롱불에 머리카락 태우며 향학열을 보였단다. 어머니처럼 여덟 살에 소학교에 입학한 동기들도 있긴 했으나 동기생들이 대개 한두 살이 많았고 더러는 예닐곱 살 차이 나는 처녀 총각들도 있어서 6학년 졸업반 때는 스무 살짜리 동급생들도 열 명이 넘었다. 그 중 결혼한 남학생도 두 명 있었단다.

책읽기가 그리도 재미있었단다. 어쩌다 동화책이라도 빌리게 되면 아예 달달 외울 정도로 읽고 또 읽었다. 『인현왕후전』, 『박씨부인전』, 『장화홍련전』을 그때 통달했단다. 학년이 올라가면서 무용과 콩쿠르대회 대표 선수였고 어깨 너머로 풍금 건반도 외워서 선생님이 교실을 비울 때마다 재빨리 동요를 쳤다.

하지만 달리기만큼은 도저히 따라잡을 수가 없었단다. 고전무용 대표 선수로 운동장에서 춤을 추는 건 자랑스러웠지만 달리기만큼은 꼴찌여서 운동회가 다가오는 게 두려웠다. 하여, 운동회 일주일 전부터 해당화 둑길에서 달리기 연습을 했으나 꼴찌 탈출이 불가능했단다. 혼자 연습할 때는 1등은 아니더라도 2, 3등까지는 따라잡을 것 같았고 스타트 라인에 설 때까지도 뛸 수 있을 것만 같았다. 하지만 '탕' 소리와 함께 달리다 보면 언제나 또 꼴찌가 되는 것이다.

"어머니, 운동회 달리기가 진짜 인권침해 아닌가요? 노력해서 되는 게 절대 아닌데 잘 뛰는 놈만 상을 받잖아요. 작년에 상 받은 애가 올해도 받고 팡팡 놀다가 내년에도 받고."

역시 나중 얘기지만 자식들 역시 느림보 거북이 체질이라 해마다 가을 운동회가 그리도 두려웠다. 집안 내력이다.

사춘기 즈음 먹머루 눈빛의 그 소녀가 모던한 멋쟁이풍을 시도한 게 특이한 이력이다. 중등학교 진학은 당연히 포기했으나 책 보는 걸 놓치지 않은 덕분으로 군청 서기로 취업이 가능했단다. 글씨를 잘 쓰고 주판알도 정확히 튕기며 손매가 야무지다는 소문 탓도 있었다. 해방 직후 면내 최초로 파마를 했고 발바닥에서 15센티 올라가는 치마를 입었으며 동네 여자로선 유일하게 자전거에 도전하여 신작로까지 출타했다. 한때 서울로 시집가는 꿈을 꾸었으나 불발됨을 오래도록 아쉬워했다.

화사한 차림새였으나 신작로 사내들은 눈이 부셔 감히 접근하진 못했는데.

스산 차부 옆 오꼬시 가게에서 단맛의 양과자를 사러 가던 습관이 이유가 되었다. 도시락을 먹은 다음 가끔 언덕 아래로 내려와 과자 몇 개를 봉투에 담아 서랍에 넣고 하나씩 빼어 먹곤 하던 재미에 붙은 것이다. 새로 나온 과자를 살까 말까 망상망상 쳐다보는데 다부지게 생긴 가겟방 아저씨가 그날따라 자꾸 쳐다보는 게 이상했다. 처음에는 이유를 몰랐으나.

"내 동생이 소학교 선생인데 한 번 보실류?"

슬쩍 흘린 한마디에 설핏 떠오른 얼굴이 선명했으니 기실 구면이었다. 뜬돌 소학교 3년 선배였고 집도 언덕 너머 20분 그 자리에 있었다. 예전에 사열대 앞에서

'차렷. 교장 선생님께 경롓!'

구령하던 검은 얼굴의 사내이다. 6학년인 그는 집안이 가난했지만 전교 회장이었다. 해방 후에 교사로 임용되면서 소학교 교정까지 자전거로 출퇴근했는데, 나중에는 뒷바퀴에 엔진을 매단 '자전거 오토바이'로 '부타타탕' 굉음을 지르며 신작로를 통과했다.

'시집을 가야 하나?'

장고에 빠졌는데 아홉 살 터울 사내 동생이 옆구리 찌르며.

"누나, 그 선생님한테 시집가지 마. 애들 때리지는 않는데 술고래야. 안 돼. 피부도 까맣고 주먹코잖아."

그러거나 말거나 덜컥 혼약을 했으니, 운명이다. 그랬다. 그때 오꼬시 가게 사장인 백부께서 소개팅을 주선하지 않았

더라면 나는 세상에 태어나지 않았을 것이다. 그렇게 일제 강점기와 6 · 25와 유신 시대, 신군부 이후의 진통과 월드컵 이후 자본주의가 약진되는 세상까지 세월이 빛의 속도로 흘러버렸다.

스물셋에 꽃가마 타고 한머리 생강밭 넘기 직전, 군청 서기자리의 사표를 낸 후 밤새도록 울었다. 거울 보며 울다가 또 다시 거울을 보며.

'펜대 굴리며 살고 싶던 내 인생이 영원히 끝났구나.'

꺼이꺼이 울었단다. 그 후 농부가 되었으니 그게 '모던 걸 타이밍'의 종막인 동시에 '여자의 일생' 그 고단한 서막이었다. '펜대 잡던 뽀얀 손'이 우툴두툴 '농부의 손'으로 바뀐 것이다.

꿈나무 소녀의 풋풋한 몸이 꽃가마 이후 농투성이 아줌마가 되더니 흰 빨래는 희게 빨고 검은 빨래 검게 빠는 살림 밑천 며느리로 탈바꿈했다. 시어머니가 신접살림의 중심으로 좌지우지하면서 시키는 대로 몸만 움직였다.

아무리 야무지게 살림을 꾸려도 딸린 식구가 너무 많았다. 시집 온 이후 살림의 주도권도 전혀 없었다. 백부의 첫 부인이 돌아가시면서 두 조카를 데려왔는데 웬걸, 또 다른 시누이 가족들이 고구마뿌리처럼 우르르 몰려와 방 한 칸씩 차지하니 식솔 총합 17명으로 불어났다. 날마다 세 개의 밥상을 차려 내고 또 외롭게 설거지를 했다. 품앗이라도 하는 날에는 밭 매는 아낙네 따라온 꼬맹이까지 합쳐 스물댓 명도 넘는 밥상까지 차려 내었다. 그렇게 발랄한 과거를 지우고 '순종의 업'을 택한 것이다. 그게 여자 팔자려니 하며.

우리 집은 안마당 건너 아랫집과 사랑채를 둔 방 다섯 칸의 큰 기와집이었는데 방마다 고모네와 큰댁의 식솔들이 붙어 꽉 채운 것이다. 그네들은 대개 일을 하지 않았으며 나 역시 그 많은 식솔 중에서 어머니 혼자만 이리 뛰고 저리 뛰는 게 당연한 줄 알았다. 누에를 치며 뽕나무에도 올라가셨고 감나무에 올라 그물망 장대에 담아 뜨물에 우려서 땡감의 떫은맛을 걸러 내었다. 가끔 지게질까지 시도해서 유년의 마음에 아픔을 주기도 했다. 다른 일도 그렇지만 어머니의 지게질이 유독 아프게 남은 것이다. 하지만 덕분에 나는 고종사촌 누나들과 제기 차기도 했고 더러는 구루마 타고 바다에 나가 조개를 주워 오는 재미에 어머니의 고단함 따위는 쉽게 잊어버리곤 했다.

어머니 혼자만 일을 하셨던가. 아니다. 사랑채에서 곁방살이하는 식솔 중 딱 한 명 '공주 고모'라고 불리는 둘째고모 한 사람만 밭일, 부엌일을 함께 했고 이따금 너털웃음 치는 막내

고모부가 밭에서 호박도 따오고 강낭콩도 까 주셨던 것 같다. 나머지는 숟가락 하나 놓지 않았다. 어머니와 둘째 고모 그미네 둘만 콩밭, 보리밭, 생강밭까지 호미질로 더듬으셨고 우리는 그게 당연한 줄 알았다.

아낙네 둘이서 누에를 치며 앞치마 두른 채 뽕나무도 타셨고 깨를 털고 생강밭을 매었다. 동 트는 새벽부터 소여물 끓이고 구정물통으로 돼지 구유 채운 다음 닭장과 토끼장까지 뙴박질하다 보면 저녁놀이 외양간과 굴뚝, 대청마루와 감나무까지 시뻘겋게 달궈 버렸다. 새새틈틈이 옥수수를 쪄 내놓으면 자식들과 조카들이 오그르르 달려들어 신나게 해치웠던 것 같다. 논두렁 밭두렁에 파묻히다가 다시 점심 밥상을 차리러 부엌에 들어오시던 풍광이 아직도 삼삼하다.

나중에는 시댁의 식솔들도 저마다 독립하여 나가 살게 되었으니 쬐금은 짐을 덜게 되었다. 그러나 피붙이, 살붙이들 모두 떠난 후에도 6남매를 키우고 가르쳐야 했으므로 여전히 뭐 하나 만만한 게 없었다. 가축이건 곡물이건 과일나무건 모두 자식들의 등록금이 되었다. 아궁이에 휘젓던 부지깽이는 구정물 통에 넣어 식혔고 덕분에 균들이 모두 전멸한 구정물을 돼지우리에 부었다. 모과나무 사이로 쏟아지는 햇살 받으며 돼지들이 포동포동 살이 붙으면서 자녀들의 등록금 밑천이 되었다. 나중에는 모과나무까지 뽑아 내었다. 잔뿌리

잔가지 죄다 잘린 채 양조장에 팔려 자식들 자취방 전세비로 충당시켰고.

교직에 있던 아버지도 자전거 퇴근 후 농사일을 거들기는 했다. 퇴비장도 정리했고 장작도 팼으며 휴일에는 모내기건 가을걷이건 본격적으로 달려들어 식솔들 건사에 열성을 보이긴 했다. 그러나 아버지의 노동은 대개 정해진 시간표를 미리 짜 놓고 딱 거기까지만 일을 하시는 스타일이었다. 당신께서 맡으신 할당량이 끝나면 혼자 집으로 돌아오셨다. 그리고 일거리를 마치자마자 몸을 씻고 삼베옷으로 갈아입은 다음 곧바로 대청마루에서 부채질을 하셨다.

뒤늦게 밭매기를 끝낸 어머니가 아버지의 발바닥을 닦아 주던 스크린도 아슴아슴하다. 퇴비장을 치운 아버지는 마루에 걸터앉아 석양빛 받으며 신문을 보셨고 어머니는 토방에 쪼그린 채 지아비의 발바닥을 뽀드득뽀드득 닦아 주었다. 더러는 과도로 물에 퉁퉁 불은 발바닥의 더께도 긁어 내셨다. 우리들은 그 과도로 고구마나 무, 오이도 깎아먹다가 자식들이 차츰 나이를 먹으면서.

"아부지 발바닥 디러워."

나이 순서대로 하나씩 자기만의 과도를 따로 챙기기 시작했다. 자식들의 머리가 커가면서 아버지의 발바닥 단맛을 거부한 것이다.

"여자 팔자는 그래야 되는 줄 알았어. 시누이, 조카들이 설거지는 아니더라도 먹은 밥상이라도 부엌에 옮겨줬으면 힘이 덜 들었을 텐데."

90이 넘으면서 쓸쓸하게 과거를 회상하면서도 남자들은 절대로 타박하지 않았다. 지나간 일이다.

투표장 이야기

어머니는 어김없이 4시 50분에 기상하셨고 그즈음이 여명이었다. 나도 달그락 소리에 몸을 벌떡 일으켰다. 젊은 날에는 어른들의 꼭두새벽 움직임을 보는 게 그리도 힘이 들었는데, 언제부터였나, 나 역시 새벽잠이 사라졌으니 연륜이 깊어가는 징조이다. 요즘 특히 밤마다 잠을 이루지 못한다. 밤늦도록 뒤척이며 토막잠에 시달리는 대신 시도 때도 없이 낮잠에 빠지는 몸으로 변신되었다. 불면증이 아니라 낮과 밤이 바뀐 것이다.

5시 10분.

머지않아 먼동이 틀 참이다. 투표 개시 6시까지는 50분이나 남았으니 숙취의 몸으로도 무척 긴 시간을 기다려야 한다. 깜빡 눈을 붙이는 새벽잠의 단맛이 달콤하지만 지금은 불가능하다. 내가 늦으면 어머니는 현관 앞에서 10여 분 이상 서성이며 기다리실 게 뻔하다. 주머니에 손을 넣어 주민등록증

감촉을 확인한다.

그리고 느리게 시간이 흘러 5시 20분.

당연히 아들에게 어서 나가자는 눈짓을 보내신다. 작년까지는 아버지와 어머니 두 분을 함께 모시고 투표장에 진출했으나 부친께서 망자가 되신 후 어머니만 모시고 가는 중이니 그 허전함을 채우려면 몸이라도 잰걸음을 보여 드려야 한다. 21세기 젊은이들은 투표 날짜를 휴일처럼 유용하게 사용하지만 연세가 높아질수록 투표 행사가 자기 확인의 가장 중요한 권리가 되었다. 그만큼 애착심이 강하고 또 그게 맞다.

서동초등학교에 도착하니 5시 50분.

그 달팽이 걸음은 당연히 어머니 때문이다. 나는 10미터쯤 앞서 가다가 어머니가 오실 때까지 10초가량 기다렸고 또 10미터를 앞서가다가 다시 어머니가 오실 때까지 기다리며 새벽 햇볕을 느끼는 중이다. 그 10초의 시간이 지루하게 견뎠으니 모친의 느린 보폭에 맞추는 습관이 안 되어서이다. 그러거나 말거나 어머니는 여전히 똑같은 속도로 느릿느릿 따라오신다. 투표가 끝나면 반드시 택시를 타고 가겠노라고 생각하는 중이다.

투표 개시는 아직 10분이 남았지만 사무실 종사자들은 모두 자리에서 대기 중이다. 새벽바람에 덮인 초록 열기를 오랜

만에 느꼈으니 그것만으로도 괜찮은 일이다. 어머니는 빈 의자에서 기다리시며 다리를 푸셨고 나는 순식간에 뒤로 오그르르 줄 선 투표 행렬 대기자들을 넌지시 바라보며.

'어머니의 마지막 투표일까?'

그 독백을 바깥으로 내보내지 않은 것 같다. 모두들 새벽에 투표 의무를 행사한 다음 나머지 휴일 하루를 유용하게 사용할 모양이다.

벗들이 연달아 출사표를 던지면서 그들의 긴장감이 무거운 짐이 되어 나까지 두근두근 떨림의 늪으로 빠지곤 하였다. 멀거나 가까이 아는 벗들 중 여럿이 국회의원 금배지나 교육감, 시장, 시도 의원들을 향하여 출사표를 던졌으니 대통령 빼고는 모두 포진된 셈이다. 옷깃만 슬쩍 스쳤던 입후보자를 합치면 그보다 더 많다. 몇 후보는 낙관이고 몇은 초박빙이고 한두 명은 연습 삼아 몸을 던지기도 했다. 그리고 나는 딱 한 표의 행사만 치러주면 된다. 오후 6시 개표 후의 소식이 짐을 덜어주기만 바라는 마음으로 그들에게 미안함을 더는 정도이다.

신새벽 6시 20분,

드디어 투표를 끝냈다. 어머니의 새로운 목적지는 시장통 새우젓 가게인데 거기를 거쳐 내 목적지 터미널로 가기 위해 택시를 기다린다.

'누구 찍으셨나요?'

이제 그런 말은 일체 묻지 않는다.

지난했던 우리들의 젊은 날,

선거 때마다 부모님들에게 내가 찍은 후보에 대해서 강하게 종용했던 기억들을 조금씩 후회하는 중이니 그게 연륜이다. 이제 부모님과 정치적 토론을 하더라도 거친 쟁점을 만들지 않을 것이며 또 강압을 해서도 안 된다. 지금은 땀방울로 흠씬 젖어있는 어머니의 적삼에서 새벽 걷기의 흔적만 물끄러미 바라보는 중이다.

아스라한 유년 시절,

땅거미 밟으며 귀갓길 책보자기를 싸다 보면 공복의 허기가 밀려오던 그 즈음이다. 5번 박정희 후보가 집권당이고 2번 윤보선 후보가 야당이자 라이벌이었다. 그리고 1번 이세진 후보와 4번 서민호 후보 같은 인물들의 선거 벽보도 공회당 담벼락과 기와집 바깥 마루에 붙어있던 시국이다. 조무래기들은 바깥 마루에 점프를 하며 즈이 부모가 싫어하는 후보의 얼굴에 풋감자를 먹이거나 겁도 없이 철사로 눈을 찌르기도 했다.

"빙철이. 너는 누가 대통령이 될 것 같니?"

가리방을 넣기 위해 허리 숙이는 스승의 어깨 너머로 노을이 얹혀 있다. 선글라스 장군 출신 그 사람이 국수라도 배불리 먹게 해 준 거라는 아버지 말씀이 언뜻 떠올라서.

"박정희…?"

그러다가 설레설레 흔들며.

"잘은 몰르겄는디유."

그렇게 대답을 재빨리 바꾼 게 오래도록 잘했다는 생각이 든다. 다시 고개를 뙤똑 든 이유는 선생님이 놀리며 부르는 호칭만큼은 바로잡고 싶어서이다. 노을이 운동장까지 새빨갛게 잡아먹더니 어느새 사위가 검은 빛깔로 바뀔 참이다.

"저, 빙철이가 아니구 병철인디유."

"병 처리한다구. 워디루 병을 처리한뎌? 고물상? 병 처리해서 엿 바꿔먹남?"

저녁놀이 창살을 성큼 넘더니 여기저기 붓을 대며 신발장 구석구석까지 새빨간 물감으로 덧칠해 놓았다. 이제 누리는 안과 바깥 모두 붉은 빛깔 천지이다.

"낙원이 너는?"

"윤보선유."

동무의 짙은 입술도 노을을 받아 검붉게 번득거렸다.

낙원이네는 논 스무 마지기로 중농 수준에서도 웃돌았으니 가난한 편이 아니었는데도 늘상 돈이 없다는 표정을 짓곤 했다. 올해는 특히 생강 값 폭락으로 누렁송아지 구입이 무너졌다며 고개 돌린 눈빛이 시무룩하다. 누렁소를 못 키우면 중학교 공납금 만들 길이 아득해진단다. 마루 밑에 방공호처럼 파놓은 생강굴도 그렇게 들쑥날쑥했다. 시세만 잘 맞으면 돼지는 물론 황소 몇 마리 값도 너끈하지만 자칫 빗맞으면 본전도 못 건지는 쫄딱 사태가 발생할 수도 있다. 농사도 때로는 곡마단 줄타기처럼 아슬아슬하다.

우리 집에서 월가리 그의 집까지는 45분 남짓 걸렸으니 왕복으로 꼬박 시간 반이었다. 물 건너 해안선 지나 장금내와 청금산 지나 징검다리 건너 그 먼 거리를 꾸역꾸역 놀러갔으니 열한 살 꼬맹이로선 대단한 열정이다. 아들 4형제가 빵틀에서 찍어 낸 듯 비슷비슷한 생김새라서 운동회 인파 속에서도 그들 형제를 딱 끄집어 낼 수 있었다. 검은 피부에 동그란 얼굴, 빡빡머리에 부엉이처럼 눈동자가 컸다. 낙규, 낙원이, 낙천이, 낙수까지 아들 4형제 별명은 한결같이 '낙지 대가리'였다.

마찬가지였다. 우리 집 5남매는 병옥, 병철, 병준, 병호, 병선까지 모두 '삐약삐약 병아리'나 '쨍강쨍강 병꼭지'라는 별명을 감수하며 무럭무럭 커갔다. 처음에는 이름자를 떼어 조합한 별명을 부를 때마다 화를 내었으나 나중에는 호적에 붙은 이름처럼 익숙해졌다. 등굣길에.

'야, 병꼭지.'

반갑게 부르면.

'뭥? 낙지 대갈통. 반사!'

생글생글 반기면서 이름과 별명의 경계가 무너진 것이다. 다만 시험지 이름 칸에는 '강병철'이라고 꼬박꼬박 적어 놓았으니 그 기록으로 자기 이름자를 정확히 확인하는 셈이다.

누에를 키우는 그의 사랑방이 아지트였다. 모서리마다 우등상이나 웅변대회 상장들이 밥풀떼기로 덕지덕지 붙여 놓았는데 그 아래에 누워 만화책 삼매경에 빠지는 것이다. 『요괴인간』은 죽은 사람의 시신에 영혼이 들어간 주인공들인 그들 3남매의 활약 스토리이다. '벰' '베라' '베로'였는데 일본판 번역이라는 말도 들었다. 여자 몸의 '베라'는 채찍을 잘 휘둘렀고 막내 '베로' 역시 싸움을 잘했지만 위기에 닥칠 때마다 맏형 '벰'이 무표정하게 지팡이를 휘두르며 응징해 주었다. 손오공은 머리털을 뽑아 '우랑바리나바라' 주문을 외워 만든 둔갑술로 수십 마리의 요괴를 물리쳐 우리들을 즐겁게 했다. 임창 만화 『땡이와 영화감독』의 승승장구 인생을 침 발라 넘기다 보면 채반의 누에들이 빠샤삭빠샤삭 싸락눈 쏟아지는 소리를 내며 뽕잎을 먹었다. 누에도 시세만 잘 맞으면 목돈이 될 수 있다.

"밥 먹을리? 근양 갈리?"

낙원이 어머니가 흔드는 부지깽이 너머로 썩은새 같은 어둠이 몰려오는 중이다. 더 이상 어두워지면 길이 아예 안 보이므로 빨리 서둘러야 한다. 어둠이 굴참나무를 칭칭 감으면 처녀귀신이 서낭당 언덕길을 막는다. 밀개떡 하나 얻어먹고 한머리까지 40분 이상 총총걸음으로 대문에 골인하더라도 또 '쥐꼬리 자르기' 숙제까지 마쳐야 잠이 들 참이다. 덫에 걸린 쥐를 잿간에 던져 놓았으니 낫으로 꼬리를 잘라 성냥갑에 넣어 담임님께 제출하면 끝이다. 이제 그만 자자.

"이 자식아. 쥐꼬리를 표절 하냐?"

오징어다리에 재를 묻혀서 제출하려던 민구가 걸린 것이다. 선생님은 볼을 잡고 두어 번 흔들다가 싸대기를 톡톡 치셨다. 다섯 대를 때릴 줄 알았는데 네 대에서 들어가라고 하자.

'우히히. 한 대 덜 맞았당.'

민구의 입술이 귀에 짝 걸리게 찢어지며 손가락 V자를 날렸다. 선생님은 모른다. 나 역시 쥐를 스스로 잡은 게 아니라 '아버지의 쥐덫'에 걸린 놈을 잿간에 방치해 두었다가 낫으로 꼬리만 잘라 제출했을 뿐이다. 친구들도 마찬가지이다. 퇴비장이나 고샅 어디쯤 죽은 쥐만 있으면 잿간에 던졌다가 꼬리를 잘라 제출용으로 대비했다.

우지끈뚝딱.

까마귀 날자 삭정이 떨어지는 우수수 소리가 오금을 시리게 한다. 배가 고팠다. 밀기울은 아귀통이 어석거리게 씹어도 껌이 되지 않았고 조약돌은 냇물에 파묻고 새도록 기다려도 비누가 되지 않았다.

나의 첫 투표는 스물한 살 때인 것 같은데 나이가 정확하진 않다. 유신 정권 말기에 통일주체국민회의 대의원을 뽑는 선거여서 대전에서 서산시 부석초등학교까지 버스를 타고 왔다. 솔직히 선거 결과에 대해서는 전혀 관심이 없었다. 아니, 나뿐만 아니라 대부분 유권자들에게서 관심이 사라져 버렸다. 어차피 결과가 뻔하기 때문이다. 직선제가 폐지되고 간접선거로 바뀌면서 어느 누구도 선거 결과에 대해 긴장하지 않았다. 어차피 대통령은 장충체육관 대의원들이 찍는 선거에서 결정되며 99프로 이상의 찬성률로 당선될 게 뻔했다.

1972년이었던가, 고교 시절에도 그랬다. 대통령의 간접선거와 체육관 투표 뉴스를 들으며 '앗, 북한과 비슷하다'며 냉소를 보내곤 했다. 각 면에서 대의원을 한 명씩 뽑으면 그들이 체육관에 모여 단독 후보로 나온 박정희 대통령의 찬반투표를 벌이는 것이다. 유년 시절의 '윤보선과 박정희의 대결' 그리고 중딩 시절 '박정희와 김대중의 한판 승부'처럼 두근두근한 긴장감이 완전히 사라진 것이다.

이번에는 한술 더 떠 99.9프로이다. 두 명만 기권이고 나머지는 모두 찬성표를 찍은 것이다. 그래도 투표장에 가는 이유는 '교장 아들 강병철이 투표하러 왔다'는 눈도장을 찍어야

하기 때문이다.

투표 마감 20분 전인 5시 40분.

초등학교 교실에 설치된 투표소에 간신히 도착했던 것 같다. 그리고 휙 찍고 후딱 돌아가려 했는데 그나마 투표를 못하고 그냥 집으로 돌아갔다. 심성 착한 이장님이 반갑게 손을 잡더니.

"대신 찍었어."

환하게 웃는 것이다. 그때는 그랬다. 부락끼리 투표율의 경쟁이 있어서 마감 직전 그랬을 거라고 합리화시켜 주었다. 눈사람도 만들어 주시고 앉은뱅이 썰매도 밀어 주시며 허허 웃던 그 이장님이 돌아가신 지도 10여 년이 지났고.

"자유당 때는 3인 1조 세 사람씩 들어가서 서로 보여 주며 찍기도 했어, 지금 같으면 징역 갈 일이지."

어머니가 젓갈 골목에 들어가시기 직전에 하신 말씀이다.

가장 격렬했던 선거는 87년 대통령 선거이다. 5공화국 등장 이후 가열차게 투쟁해서 도저히 열릴 것 같지 않던 직선제를 쟁취한 것이다. 우리가 이겼다. 쏟아지는 최루탄을 맞으며 장렬하게 싸운 민중들의 투쟁이 광주학살의 주범인 군부정권을 이긴 것이다. 그렇게 이긴 줄만 알았다.

기우는 젊음인 서른 살 시절, 대전시 은행동 구舊 도청 앞 경찰서 골목으로 50미터쯤에서 꺾어진 '풍년갈비' 맞은편에 위치한 정지강 목사께서 좌장으로 계신 빈들교회 지하 사무실에서 일하던 시절이다. 그 교회 지하실에 해직 교사 사무실인 '민주교육실천협의회' 사무실을 차려 놓았다. 87년 '6월 항쟁' 직후 사무실이 더욱 바빠졌다. 그때까지 '양 김'의 단일화는 이루어지지 않았지만 직선제 쟁취의 설렘으로 프린트를 만들고 대자보를 붙였다. 고지가 바로 저긴데 여기서 멈출 수는 없다. 그러다가 선거 일주일쯤 남긴 시점에서 덩치 큰 각목 사내들이 들이닥치면서 우리들의 사무실은 초토화되었다.

대흥동 성당 앞에 진을 친 집권당 트럭에서 운동권 대학생들이 유인물 한 뭉치를 받은 게 발단이다. 자기네 편이 아니란 걸 눈치 챈 가죽잠바 사내들이.

"내놧!"

소리치자마자 대학생들이 우르르 도망을 친 것이다.

"거기 섯! 붉은 앙마시키들."

고래고래 소리 지르며 쫓아왔는데 하필 대학생들이 골목길 빙빙 돌아 민교협 지하 계단으로 도망친 것이다. 송대헌 등 해직 교사와 대학생들이 집기를 쌓아 출입문 봉쇄 바리케이드를 설치했으나 발길질 한 방에 우당탕탕 날아가 버렸다. 각목이 터지고 시뻘건 난로 뚜껑이 비행접시처럼 어른거렸다. 맞대응했다가는 죽을지도 모르는 상황이었으므로 고스란히 당하기만 했다.

그 날짜 지역사회의 어느 신문에는 '민정당원과 해직 교사들의 난투극'으로 기사화시켰으나 그것은 새빨간 거짓말이다. 우리들은 진짜 단 한 대도 때리지 못했다.

그날 밤 송대헌이 포장마차에서.

"내가 때렸지. 내 아랫배로 놈들의 주먹을 때렸고 내 옆구리로 걔네들의 각목을 때렸지."

구치소에서 목발을 짚고 출옥한 최교진은 빼앗긴 그 목발로 얻어맞은 후.

"나이를 먹을수록 싸움을 잘했으면 좋겠다."

그렇게 부은 발등을 쓰다듬었다. 전신주 그림자가 우울히 흔들리는 '태풍 전야의 겨울'이었다.

어쨌든 노태우, 김영삼, 김대중, 김종필 4명의 후보가 대선 출마를 선언할 때만 해도 여전히 그 흥분의 연장이었다. 그리고 우리는 김영삼과 김대중의 소위 '양 김 단일화'를 추호도 의심한 적이 없었다. 민중들의 피와 함성으로 이룩한 '직선개헌 쟁취'이므로 야당 정치인들이 그 숭고한 의미와 다른 꿍꿍이 속셈을 차릴 줄은 꿈에도 몰랐다.

"단일화가 되긴 하는 거지?"

누군가 불안하게 물으면.

"당연하지."

자신 있게 대답했다. 박종철과 이한열 그리고 김세진, 이재호, 조성만, 김귀정 같은 열사들의 산화와 민주화를 위한 모든 국민들의 열망을 떠올리면 그런 대답이 당연했다.

마침내 투표 당일까지 단일화가 물 건너갔으니 그래도 민주화의 열망으로 '양 김' 중의 하나가 당선되는 줄 알았다.

'투표함이 탈취될 수도 있다. 도청 앞으로.'

그렇게 '맑은 눈'들이 우르르 모여들어 구호도 외치고 '임을 위한 행진곡'도 부르면서 도청 정문을 사수했으나 딱 거기까지였다. 11시 이후 노태우의 당선이 확실시되면서 모두 쓸쓸하게 집으로 돌아갔다. 그렇게 '투쟁의 쓴맛'을 가장 아프게 체득했던 시국이기도 하다 절망이다.

"우리가 졌네요."

그날 밤 홍도동 시영아파트에 동행했던 노동 운동가 유광해 청년이 우리 집 화장실 문고리 잠근 채 펑펑 울었다. 그는 현재 로스쿨 교수이다.

아버지는 끝내 마지막 투표의 꿈을 이루지 못하신 채 세상을 뜨셨다. 그해 4월 지방자치 선거에 꼭 참여하고 싶어서, 간호사를 불러.

"투표할 수 있는 방법이 없을까요?"

그 간곡한 요구에 요양 병원의 환자 97명 전원에게 투표 참여 의사를 물었다. 열 명 이상이 넘으면 병동에 임시 투표소를 설치하고 휠체어 투표를 실시하려 했으나, 희망자는 달랑 4명뿐이었다. 그렇게 투표의 희망이 무산되자.

"마지막으로 투표를 하고 싶었는데."

종내 아쉬워하셨다.

지금은 어머니 홀로 귀가 중이다. 이제 내가 공주행 버스를 타기 위해 터미널에 내리면 나머지 일정은 당연히 당신 혼자의 몫이다. 일단 재래시장 광천 새우젓 가게 구들장에 엉덩이 붙이며 오전 내내 입담을 나눌 것이다. 그렇게 손주들 칭찬을 늘어놓다가 숙소로 돌아오실 때는 미원이나 새우젓을 딱 하나씩만 들고 오시니, 미안해서란다. 그래서 어머니의 아파트 다용도실에는 젓갈과 미원이 수두룩하다. 자식들은 젓갈은 들고 가지만 미원은 손사래 친다. 집집마다 웰빙 식단을 기획한 게 이유이다.

택시를 잡으니 기사님이 낯익은 얼굴이다. 당연히 예전처럼 의료원 쪽으로 방향을 틀었는데 어머니께서.

"그쪽 아니유. 한라아파트로."

택시 기사가 갸우뚱하며,

"오늘은 왜 의료원 안 가시쥬? 할아버지 안 만나실뀨?"

"돌아가셨으. 흐흐."

"…."

슬픈 표정을 체크한 그가 더 이상 묻지 않아서 다행이다. 대보름 까맣게 쥐불 놓은 자리마다 온통 샛노란 새싹들이 삐죽삐죽 솟아나더니 어느새 세상은 초록빛 벌판이다. 하늘나라 어디쯤에서 누군가 초록빛 뺑끼통을 쏟아 부었거나 초록색 보자기를 뒤집어 씌운 게 틀림없다.

할머니, 6·25 때는요?

2019년, 강원도 원주 <토지문화관>에서 집필 중이며.

10년 동안 그렇게 틈만 나면 집필실 찾아 전국의 여기저기에 몸을 의탁했었다. 이번 입실 도정도 상큼했다. 고속버스로 '강원'라는 도계를 넘을 때는 봄바람 탄 소년처럼 가슴이 설렜으니 계절의 마력을 등에 업은 탓도 있었으리라. 얼어붙었던 흙의 틈새가 벙글어지며 새순 트는 풍경이 슬로비디오로 잡히는 것이다. 활엽수마다 오동통 살이 오르고 가지에는 샛노란 순들이 얼굴을 내민다.

그래서 봄이 생동감의 계절인 게 분명하다. 터미널에 내리자마자 바닥에 깔린 어둠까지 아늑해진다. 거리의 조명조차 휘황하게 느껴지니 퇴임 이후의 한가로움을 누리는 행복이다. 시내버스가 연세대 원주 캠퍼스를 휘돌 때는 젊은 몸들의 싱그러움도 아주 잠깐 훔쳐보았다. 대학 도서관 출입증도 끊었으니 가끔 캠퍼스에서 어슬렁거릴 수도 있다. 그러나 조급

증의 발동으로 문장의 흐름이 오히려 더뎌졌다.

<충남작가회의> 회장에 임한 후 목요일마다 '신동엽 시인 30주년 추모제' 기획회의에 참여하는 게 너무 힘들었다. 버스로 예닐곱 시간씩 타고 가서 회원들의 의견을 조율하는 과정의 복잡다기를 감당하지 못하는 것이다. 뒤풀이 즈음 술꼭지가 돌면 언제나 후회를 했다. 진한 술자리는 피해야 했다. 부조 돈도 온라인으로 대체했고 웬만한 벗들은 전화 통화로만 소통하겠다고 결심한다. 강박증을 느꼈던 건 나이 탓이 가장 크다. 주말마다 노모를 해후하지 않으면 자꾸만 불안해지는 부담감도 이유가 된다.

그래도 오늘은 모처럼 서산에서 가족들과 함께 노모를 만났더니 무게의 절반이 떨어져나가는 것처럼 편안하다. 논두렁으로 비치는 물빛 그림자를 보며 몸이 가벼워졌다. 특히 아들과 딸은 즈이 조모님과 소통을 잘 터줘서 그만큼 내 부담이 덜어진다. 서산에서 인지 쪽으로 가는 숲속의 '신토불이'는 오리고기 정식이 특히 싸고 맛있다.

"6 · 25 때는 어땠어요? 할머니."

오리고기를 얹으며 슬쩍 던지는 아들의 눈빛이 이슬처럼 반짝 빛을 쏟는다.

"생각하기 싫어."

설레설레 흔드신다. 최근 들어 자식들이 자꾸 묻는 6 · 25 좌우갈등과 5 · 16 정변의 이야기 떠올리기를 싫어하셨다. 그래도 결국 입을 열긴 하신다.

"조용하던 마을 인심이 순식간에 흉흉해지는데."

그 동족상잔이 모든 걸 바꿨으니.

그때까지 봉건적으로나마 유지되었던 마을의 기존 틀이 싸그리 무너지고 딴 세상이 된 것이다. 바다로 가는 오솔길에서 굴러다니는 머리통들을 발견한 이후 마을 사람 모두 얼굴이 얼어붙었다. 이제 살아남는 게 가장 중요하다. 초임 교사였던 아버지는 위험을 느끼며 '일단 잠수를 타자'며 두 달 동안 생강굴에서 숨어 지냈다. 돈 많은 지주나 경찰이 가장 위험하고 그 다음이 교사와 공무원들이다. 그리고 양지편 머슴 하나가 완장 행세로 갑자기 마을의 실세로 등장하면서 사람들 모두 오금도 못 편 채 눈치만 보았단다.

그가 인민군 둘을 끌고 사립문을 넘은 것이다. 사내들은 늙은 할아버지를 제외하고 모두 숨어 버렸으니 얼핏 집안에는 어머니 혼자 콩을 까고 있는 것처럼 보였는데 그가 다짜고짜.

"여맹 위원장을 하시오. 그동안의 부르주아 사상 반성도 할 겸."

"… 무슨 반성?"

"선생 부인이니 반성할 게 있을 거요."

그때 광속에서 듣고 있던 백부가 문을 박차고 나와 노여운 표정으로.

"어찌 감히 반성 운운을 하느냐?"

냅다 소리를 질렀다.

"머야? 어디 숨었다가 인제 나오시홋?"

완장 사내가 감히 몽둥이로 가슴을 꾹꾹 찌르는 오만을 보일 줄을 상상조차 못했던 것이다. 한술 더 떠 처음 보는 인민군 둘이 총부리를 번뜩이니 뱃심 좋은 백부의 얼굴도 새파래졌다. 윗마을에서는 그런 식으로 시커멓게 얻어맞은 사람만 여럿이란다. 깜짝 놀라 눈을 아래로 떨구며.

"봐주시게. 그간의 인정으로."

"더 이상 나대면 법과 원칙대로 처리합니다. 세상이 바뀌었다우."

이번에는 어머니를 다시 닦달할 차례이다. 여기서 끌려 나가면 절대로 안 된다. 어머니는 전시 때 함부로 나서는 것만큼은 피해야 한다고 마음먹으며 손가락을 뒤로 빼어 포대기 속에 감춘 채 갓난아기의 엉덩이를 아프게 꼬집었다.

"우아아아앙."

업힌 아기를 자지러지게 울게 만든 것이다.

"나는 아기 때문에 한 발자국도 움직일 수 없다우. 보시오. 이마의 열도 불덩이처럼 펄펄 끓고 있고."

아닌 게 아니라 업혀 있던 아기의 몸이 뜨겁게 달아올랐다.

인민군들도 갓난아기가 자지러지게 우는 모습만 쳐다보다가 갸웃갸웃 돌아갔으니 다행한 일이다.

"그때 완장 남자의 강요에 못 이겨 얼떨결에 그런 감투 하나 덥석 받았던 사람들은 또 9·28 수복 이후 빨갱이로 몰려 엄청난 욕을 치렀어. 총 든 사람이 시키는 대로 안 할 수야 있나? 우린 좌도 없고 우도 없는데 서로 갈라져 두들겨 패고 끌고 가는 거야. 이웃처럼 살던 한 울타리 사람들끼리 졸지에 원수처럼 된 거여. 마을 사람끼리 서로 싸우게 만든 세상이 문제이지. 좌나 우는 절대로 정답이 아녀."

마을에 진입하는 군복 색깔에 따라 이리저리 빨갛고 파랗게 휘둘리는 게 더 무서운 것이다.

"야중 얘기지만 그놈 완장 사내도 느이 큰아버지한테 시커멓게 두들겨 맞았지. 그 양반이 작달막하지만 몸이 근육질이지. 감나무 아래 그 놈을 무릎 꿇려 놓고 작대기로 무르팍부터 제겨대니까 옴싹달싹 못하고 싹싹 빌기만 하더라. 세상이 바뀌니까 기세등등하던 깃발이 대번에 바람 빠진 풍선처럼 쪼그라드는 거여. 그래도 알 수 있나, 언제 또 다시 세상이 바뀔지 모르니까 어느 장단에도 춤출 수가 없어."

난세를 아슬아슬 모면한 게 천만다행이라는 생각으로 설레설레 흔드신다. 오순도순 울타리 공동체가 홀연 원수처럼 싸웠으니 그 난세의 인심이 끔찍하다.

"모난 돌들은 난세 때마다 정을 맞게 되어 있어."

나를 힐끔 쳐다보며 하신 말씀이다.

"그런데 이상하지 않니? 너희 친구들이 빨간 잠바 입었을 땐 빨갱이라고 고래고래 소리 지르고 손가락질하던 인간들이 월드컵 때인가, 축구 응원할 땐 아예 '붉은 악마'라고 집단으로 난리를 쳐도 아무렇지도 않은 거야. 박근혜도 빨간 잠바 차림으로 선거 유세를 하러 돌아다녔으니 세상이 바뀐 거지. 그래도 느이들이 먼저 빨갛게 입었으면 그 사람들은 또 빨갱이의 사주를 받은 거라고 악다구니 쳤을 것이다."

"운명은 피한다고 되는 게 아녀. 노라실 당숙모도 그렇잖니?"

노라실 당숙모는 충북 영동에서 시집을 왔는데 나보다 한 살 적고 두 학년 아래인 외동아들 춘복이의 어머니이다. 가분수 체형의 자그맣고 하얀 얼굴에 콧등이 아예 없다. 백옥처럼 뽀얀 얼굴에 코가 사라졌으니 얼핏 눈사람처럼 보일 때도 있다. 입도 동전 하나 들어갈 딱 그만큼만 벌어지니 눈 내리는 겨울철에 마당에 서 있을 때는 진짜 눈사람 모양이다. 그 동그란 입 사이로 젓가락을 넣어 음식을 깨문다.

당숙은 전쟁 때 총을 맞아 다리가 절단된 상이군인이었는데 춘복이가 네 살 때 죽어서 외동아들이 되었다. 당숙모 혼자 광주리에 생선을 담아 여기저기 돌아다니며 끼니만 간신히 잇는 정도이지만 성품은 단아하다. 그래봤자 집이 없는 노라실 당숙모는 두어 해마다 이사를 갔다. 어느 날 하곳길 동산에서 나무를 자르는 춘복이를 만났다.

"춘복아."

"깜딱이야. 나는 산 주인이 나타난 줄 알고 솽방솽방 도망치려고 했네."

"뭐해?"

"울타리 만들 나무 자르는 중이야. 우리 집도 남의 집처럼 울타리 비슷한 게 있어야 할 거 아냐? 이거 딱 하나만 베어 갈 거여. 이르지 마송."

나는 그때 비로소 춘복이네 집에 울타리가 없다는 사실을 알았다. 그랬다. 춘복이네 아궁이에 불을 때면 연기가 굴뚝으로만 나오는 게 아니라 옴팡집 구멍 여기저기로 매캐하게 쏟아져 나왔다.

5학년 때 오일장 모퉁이에서 엿을 파는 춘복이를 만났다. 나는 아무 말도 하지 않았는데 그가 먼저.

"하나도 안 부끄러워용."

아, 이 순간 돈이 있었더라면 엿이라도 하나 팔아 주고 싶었다. 당연히 돈은 없다.

"엄니 얼굴이 남과 다르게 생긴 게 하나도 안 부끄럽다고."

"… 다음엔 헌 고무신이라도 가져와 꼭 엿을 사고 싶다."

그는 엿판 구석에 뒹구는 이빨조각만 한 부스러기 하나를 건져 주었다.

"쓰던 교과서 올해도 나한테 물려줄 거지?"

나는 말없이 고개만 끄덕거렸다. 5학년인 나는 반에서 1등을 했고 3학년인 춘복이는 반에서 3등을 했다. 종업식 날 하굣길 우등상을 들고 오는 걸 본 증섹이 형이 툇마루에서 통지표를 펼치더니 춘복이에게.

"네가 진짜 1등이다. 그렇게 학교만 끝나면 나무도 하고 호미질하며 3등이나 했으니 과외공부로 1등하는 도시 애들보다 흠씬 낫다."

"증섹이 성님, 불공평합니닷."

나 역시 그 칭찬에 동조하면서도 겉으로는 장난처럼 다리를 걸었다. 마을 사람들은 이름을 그런 식으로 불렀다. '류정석 형님'은 '증섹이'나 '징세기'라고 불렀고 '서현정 누나'는 '흔젱이'로, '서종복 형님은 '죙빅이'로 통했다. 그리고 나를 볼 때마다 반가운 표정으로 '벵첼아!'라고 불렀다. 딱 한 명 춘복이한테는 '췬븩이'라고 부르지 않았으니 짠한 마음에 대우를 해 준 것 같다.

(춘복이는 서른 살 이후 만난 적이 없다. 남녘땅 소도시에서 대형마트를 하면서 큰돈을 만졌다는 소문이 문풍지 너머 들리기는 했다.)

그 노라실 당숙모는 전쟁이 끝난 이후 수십 년 동안 입을 꾹 다물고 있다가 50년 후쯤, 그 사건이 신문과 방송에 연달아 터지면서 드디어 입을 열었단다.

"사변통 어느 날 미군들이 마을에 들어와 당장 피난 채비를 하라고 명령을 하니까 마을 사람 모두 짐을 싸서 나간 거여. 보따리 이고 쥐고 아기 손잡고 철로 따라 우르르 이동하는데 갑자기 비행기 그림자가 스친다 싶은 거야. 그리고 항공폭격으로 영문도 모른 채 우르르 길거리에 쓰러져 죽었지. 다행히 살아남은 사람들이 노근리 쌍굴다리에 숨었는데 미군들이 몰려와 거기에 대고 총을 드르륵드르륵 쏜 거여."

피난민 틈에 북한군 첩자가 섞였다는 이유인데 모두 얼굴뿐만 아니라 숟가락 숫자까지 아는 한동네 사람들이니 턱도 없는 소리란다.

지금도 노근리 다리 아래에 그 총알 자국이 선명하게 남아 있다고 했다. 나중에 내가 인터넷으로 찾아보았더니 더욱 상세하게 기록되어 있었다.

"몸이 날랜 청년들 몇몇이 쥐똥나무 언덕까지 사력을 다해 도망쳤는데 수풀 코앞에서 총에 맞아 죄다 죽었어. 죽을 때까지 잊지 않을 거야. 나는 굴다리 시체 속에 숨어 있다가 살아남은 거여. 깨어 보니 코가 날아갔더라. 그쪽 동네만 떠올려도 무서워서 아무데로나 떠난 거야. 기엄기어 정착한 데가 바닷가 스산 땅이라우. 사내도 만났구요. 죽더라도 한번 사내와 살붙이고 살아봤다는 게 어딥니까? 그나마 다행스럽지만… 그 후 나는 거울을 보질 않혀. 무서워유."

그 이야기를 듣고 난 후 영화 『작은 연못』을 보면서 더욱 가슴 저리던 기억도 있다.

그렇게 70년 전 사연이 오리고기 불판으로 지글지글 오르는 중이다. 벚꽃 사태가 잦아든 지금 사위는 고요, 고요하니 나도 문득 이브 같은 오월의 신록에 빠지고 싶다. 일중독 탓이었을까? 나는 요즘처럼 한가한 생활이 적응되지 않는다. 일하지 않으면 폭음에 빠졌으며 만취 이후 아프게 후회하고도 술자리에 끼면 엉덩이가 무거워진다. 눈부신 초록 너머 논두렁 밭두렁 뒤쪽 그림자가 허허로운 이유이다.

어머니가 쓰러지셨다

부모님 연륜이 70대 중반이 넘은 이후 나는 어머니와 같은 구역의 소도시 학교에 자리 잡으면서 일주일에 이틀씩 홀로 사시는 모친의 집을 방문했다. 마지막 학교는 서산에서 버스로 1시간가량 떨어진 대산 고등학교였는데 어머니를 만나려면 시간을 따로 내어 나와야 했다. 서산 시내에 일부러 치과를 정해 놓고 이빨 치료를 핑계로 방문 거리를 만들거나 이것저것 없던 약속도 만들어서 어머니의 아파트를 찾곤 했다. '지나가다가 들렀어요' 하면서.

원래 공주에서 서산 쪽 발령을 자원한 이유가 어머니 가까이 가려는 마음이었는데 모친께서 거꾸로.

"오지 마. 밥해 주기 싫어."

그렇게 아들의 효자손 카드에 바리케이드를 치면서 갑자기 거처가 어정쩡해진 것이다. 하여, 나는 함께 살지는 못하더라도 근방의 학교로 전출해서 자주 방문하는 쪽으로 방향을 바꾸었다. 최선이 안 되면 차선이다.

그러다가 정년 퇴임 후.

내 생활 근거지가 공주로 고정되면서 주중 하루씩으로 줄여 어머니를 상봉했는데 솔직히 그 시간조차 빡빡했다. 그래도 막상 집에 가면 어머니 혼자 건성으로 TV를 틀어 놓고 기다리다가 식혜 그릇을 내밀거나 쑥떡을 데우시며 반가움을 표시하시곤 했다. 그런데 이번 주는 건너뛰었다. 태풍과 코로나가 겹쳐 어머니와의 만남을 저어한 것이다. 그 게으름의 가책 탓일까? 문득 어머니의 얼굴이 지구 저 편의 별빛처럼 아득하게 흐려진다. 어쩌면 바람이 창살을 때릴 적마다.

'아들이 왔나?'

베란다를 기웃거렸을지도 모른다며 나 혼자 코를 풀었다. 아리고 시리다.

아내와 함께 어머니 댁을 방문했던 그 다음 날이었다. 이상하다. 항상 건강을 자신하시던 어머니께서 그날따라 웬일로.

"머리가 아프다."

손가락으로 연신 이마를 쓰다듬으시기에.

"어떻게 할까요? 내가 며칠 더 있을까?"

"어제 병원에 다녀왔으니 괜찮을 거야. 늙은이 아픈 건 원래 기력이 쇠진해진 거라 한참 지나면 괜찮아지는 거란다."

그렇게 어머니를 혼자 남기고 나온 아들의 무심함을 자책하는 것이다. 대신 강원도에 사는 누나가 방문하셔서 '멤버 교체가 되었네' 하며 무심하게 몸을 돌렸다. 착각이다.

사월의 첫날 아침.

밤나무 묘목을 내리기 위해 톱과 망치를 챙기던 이른 봄 새벽이었다. 삭정이 쳐낸 가지를 골라 새순 접붙이기까지 끝나면 호박 구덩이도 서너 개 파 놓을 참이었다. 구덩이에 퇴비를 붓고 일주일 정도 삭혔으니 토마토 모종 준비도 마친 상태이다. 언덕에 두릅나무 가지를 이식시킨 후 초고추장 찍어 먹는 '봄날의 밥상' 구상으로 철없이 부푼 사월의 여명이었다. 벗 송창희가 동행해 주기로 해서 삽과 톱과 망치까지 챙겼으니 봄맞이 작업이 순조로울 줄만 알았다.

그 새벽,

핸드폰 신호음이 울리면서 모든 게 헝클어졌다. 어머니가 쓰러지셨다. 코로나 사태 흉흉한 사월의 아침에 93세 노모가 돌연 쓰러지신 것이다.

"옴마가… 옴마! 옴마아."

수화기 저쪽에서 누나의 비명이 쟁쟁 울리면서 내 몸이 빳빳하게 굳어 버렸다. 강원도에서 모처럼 친정 나들이 나온 큰딸 강병옥이 보는 그 자리에서 넘어지신 게 그나마 다행이라고 뇌까리며 봄날 묘목의 연장을 팽개치고 삼백 리 길을 달렸다. 큰일 났다.

가는 내내 어머니의 수상했던 낌새들이 불쑥불쑥 튀어 오르는 것이다. 평소에는 조석을 너끈하게 챙기시고 시장 보는 것도 혼자 해결하시던 9학년 노익장이었다. 그런데 요새 보름 사이로 바싹 쇠해진 것이다. 책 읽기를 포기하시더니 신문조차 멀리하시며 TV 드라마 시청에도 눈길이 서서히 멀어지시기 시작했다. 걸음을 시작할 때 표시가 가장 심했다. 두어 발자국 엉금엉금 기어 다니신 다음 벽을 잡고 일어서신 후 걸음마 연습하듯 몇 걸음 거쳐야 간신히 정상이 되는 것이다.

그해 이른 봄부터 터진 코로나 확진 상황으로 40여 일 넘게 바깥출입을 하지 않으신 게 이유가 될 수도 있다. 최근에 입맛이 없어 빈속으로 건너뛴 것도 마찬가지이다. 노익장의 포즈에 그렇게 흐트러지는 낌새가 스쳤을 때 내가 재빨리 챙겼어야 했다. 언제부터였나. 벽을 잡고 엉금엉금 몸을 일으키실 때 진작 알아차렸어야 했다. 몸만 일으키면 제대로 걸으신다면 안도했으니, 아, 내 탓이다. 내 탓이다.

주 5일을 방문하시는 요양 보호사와 소소한 갈등이 암초처럼 불쑥 튀어나온 사태도 뜨악하다. 웬일일까, 갑자기 물건이 없어진다며 사과 두 알이나 두유 몇 개를 다용도실 쪽에 숨

기는 것이다. 그마저 금세 잊으셔서 숨긴 사과가 쪼글쪼글 쇠해가기도 했으니 필시 예전에는 없던 정황이다.

"갈치 두 토막이 사라졌다. 내가 화장실 간 사이에 없어진 거야. 이 여자가… 아무래도… 흠흠. 한. 번만 더 없어지면."

어리둥절해진 내가.

"그분들이 어머니 물건을 절대로 가져가지 않아요. 요새 세상에 누가 갈치 두 토막을 훔쳐갑니까? 초근목피 조선 시대도 아니고. 그분들 모두 요양보호사 연수도 받는 인텔리들이라고요. 옛날의 식모 아줌마로 생각하시면 큰일 나요. 호칭도 선생님이라고 부른다고요."

타박하기 전에 어머니의 몸 상태를 먼저 살폈어야 했다.

코로나 탓이 가장 크다. 요양 보호사의 남편께서 대산 공단 노동자로 일하는데 하필 그 회사에 코로나 확진자와 접촉한 사람이 생긴 것이다. 공단에 당장 전수 조사가 실시되었는데 다행히 음성이라고 했다. 센터에서 즉각 요양 보호사를 격리시키는 바람에 일주일가량 어머니 혼자 살게 되었는데, 다른 요양 보호사를 임시로 대체해 준다고 하는 것을 어머니가 한사코 거부하셨다. 그것은 건강에 대한 자신감보다는 그냥 당신의 자존감이었던 것 같다.

그즈음 코로나 확산을 저어하며 자식들의 방문조차 뜸해지면서 입맛을 놓친 것도 이유가 된다. 세계적인 전염병 운운

하며 바깥출입을 금지시키면서 독거노인의 외로워진 상황을 방심한 걸 후회했으나 이미 늦었다. 그리고 다음 날 돌연 비상벨이 울린 것이다. 코로나가 이토록 심하게 오래갈 줄 전혀 몰랐던 즈음이다.

"뇌졸중입니다. 발병 여섯 시간 이후와 열두 시간 이후까지 시간마다 환자의 상태가 천지 차이로 달라져요. 그 시간이 지나면 아예 가망이 없습니다. 그러나 워낙 고령인지라 수술이 성공한다고 해도 예전처럼 정상적인 생활은 절대 불가능합니다. 그러니 수술 여부는 가족의 선택 사항입니다. 원하시면 대학 병원으로 옮기시고 그것도 원치 않으시면 여기에서 약물 치료를 해 드립니다."

"약물 치료는 효과가 있긴 한가요? 그냥 돌아가시는 거 아닌가요?"

"확정은 못하지만 오래는 못 견뎌요."

"수술하면 좋아지긴 하나요? 확실히."

"장담하지 못합니다. 가족들의 선택 사항입니다."

젊은 의사가 담담하게 조언한다. 그러면서 소도시 의료원에서는 수술이 불가능하다며 수도권의 큰 병원을 권하는 것이다.

"서울 큰 병원은 이미 꽉 차서 순번이 안 나오니 포기하세요. 먼저 수도권 거점 대학 병원을 찾아야 해요. 뇌졸중은 속도전입니다."

선택의 여지가 없다.

"그런데 너무 늙으셔서…."

그런 소리를 나누는 와중에도 CT와 MRI를 연달아 찍는다. 지금까지 간신히 유지되었던 평화의 무대가 차단되고 혼돈의 블랙박스로 소용돌이치는 느낌이었다. 눈꺼풀이 위 아래로 붙었으며 입술이 터지고 호스가 몸의 여기저기에 치렁치렁 매달려 있다. 큰일 났다. 병원비도 궁리해야 한다.

'위험하다.'

생애 처음으로 앰뷸런스 보호자석에 앉았다. 아니, 앰뷸런스라는 걸 타 본 자체가 생전 처음이다. 사이렌 소리와 함께 아스팔트를 질주하면 길을 막은 다른 차량들이 쫘악 갈라진다.

'모세의 기적 같네.'

그런 생각도 아주 잠깐 하다가 어머니와 눈동자를 맞춰 보았다. 한 마디 말씀도 떼지 못했으나 아직은 맑고 의연한 눈빛이었다. 가끔 어이없다는 듯.

'허 참'

그런 뱃심 좋은 웃음을 지어 보이기도 하셨다.

원래 통이 크고 배짱도 좋으신 어머니,

그 순간이 마지막으로 보여 준 대범한 표정이 되었다. 그리고 어느새 손등부터 주삿바늘 자국으로 푸르딩딩 멍이 들면서 모친의 기력이 서서히 잦아지는 중이었다.

'코로나와 앰뷸런스 소음에도 목련꽃들은 화사하게 피어오르는구나.'

그런 문장도 꾸며 보았으니 어이없는 일이다. 그리고 어지러웠다.

"동탄 쪽 대학 병원으로 정해 놨어요. 서울 쪽은 이미 예약이 밀려 있을 거니까 가장 먼저 지역 거점 대학 병원을 찾아야 해요."

의사 아들의 조언도 의료원 입장과 비슷하다. 대기실 앞에서 잠이 쏟아졌다가 몇 차례 벼랑에 떨어지는 꿈으로 발딱 깨어나기도 했다. 그날 밤 아내의 승용차에 널브러졌고 등을 기대자마자 폭풍 수면에 빠졌다.

코로나 시대의 보호자는

어머니는 85세에도 한번 쓰러지신 적이 있다.

봉락리 방앗간에서 트럭 뒤에 쌀가마 싣는 것을 살피던 봄날이었다. 손바닥으로 햇살을 가리다가 뒤꿈치가 계단 턱에 걸리면서 아차, 미끄러진 것이다. 그때까지는 도도한 자존심으로 여전히 의연함을 유지하던 즈음이었다. 처음에는 넘어졌다는 사실 자체가 부끄러워 '허허' 웃으시며 태연한 척 일어서려 했다. 먼지를 털어 내려는 순간 꺾인 관절을 지탱하지 못하시고 다시 쓰러지신 것이다. 온몸이 부서지도록 아팠지만 그 후로도 최대한 엄살을 절제하셨다. 당신께서 병원에 입원해서 당장 일을 하지 못 하고 누워 있다는 사실만으로 부아가 터진다며 흐흐흐 웃으셨다.

이번에도 그때의 뱃심으로 '허 참' 웃음을 딱 한 차례 터뜨리셨던 것 같다.

'허 참, 살다 보니 별일을 다 겪네.'

그런 어이없는 웃음을 짓는 것이다. 어머니의 대범한 표정은 그게 끝이었다.

대학 병원 응급실 올라가는 엘리베이터.

탑승 인원이 대략 열 명 안팎이었던 것 같다. 환자 침대 옆으로 여동생이 서 있었고 내 옆으로도 방문객 대여섯 명이 더 타고 있었던 것 같다.

'회복은 어느 정도 가능할까? 얼마나 더 사실 수 있을까? 회복이 되면 혼자 사시기는 어려우니 자식들 중 어느 하나가 모시고 살아야겠구나. 공주로 모시든지 이도저도 안 되면 나 혼자라도 서산에 와 있어야겠다.'

3층 엘리베이터 문이 열릴 때까지 좌불안석으로 머리가 하얘진 상태였다.

불심 검문 따위는 꿈에도 예상치 못했다. 그 병원 건물의 모든 승강기가 3층에서 무조건 정지되며 문이 열린 상태로 방문객들을 통제하는 시스템이 있다는 걸 당연히 몰랐다. 흰색 와이셔츠의 예쁘장한 사내 세 명이 실내를 찟찟이 살필 때까지 나는 아무 생각이 없었으므로 어머니의 손목만 잡은 채 글썽글썽 눈시울만 적시는 중이었다. 사내들의 눈빛이 점차 엘리베이터 구석까지 좁혀 온다. 경계의 눈초리조차 해맑은 아가위 빛깔이니 젊음이 좋긴 하다.

"저는 간병인인데요."

그러더니 잠시 후 다시.

"입원하는 첫날은 보호자 한 명은 된다고 했는데요."

여동생의 방어막 치는 대답에 주위를 둘러보니 아닌 게 아니라 모두 간병인 명찰을 찬 사람들뿐이었다. 아담 사이즈의 젊은 사내 하나가 하필 나를 가리키며.

"내리시지요."

조금은 당황했으나 숨을 가다듬고 침착하게.

"저는 어머니 수술 받는데 보호자로 따라가는 거예요. 아들이라구요. 서산에서 앰뷸런스로 세 시간 내내 동행했어요. 위급해요."

"내리세요."

그 순간 하마터면 뚜껑이 열릴 뻔했다. 내 나름대로 차분하게 상황을 설명했는데 장거리 동행을 한 보호자의 사정을 전혀 봐주지 않는 무표정들이 기가 막힌 것이다.

"그럼 비상시에 어머니를 누가, 어떻게, 책임을… 왜?"

"병원 방침입니다."

"… 어머니께서 위독하다니까. 당신들의 방침을 왜 나한테?"

"내리세요. 코로나 지침입니다."

그렇게 용건만 딱 던지고 입을 닫으니 더 위압감이 서린다. 그러거나 말거나 나는 '전쟁터에서도 어머니만큼은 아들이 끝까지 모셔야 한다.'는 각오로.

"자칫하면 오늘이 마지막일 수도 있다니까. 당신들이 어떻게 책임지려고?"

그렇게 '어머니와 함께 가야 한다.'며 버티려 했으나 뒤쪽에서.

"아저씨, 내려 주세요. 우리도 급합니다. 제발요."

웬 사내의 재촉 소리에 '어럽쇼' 손잡이에서 힘이 쫘악 빠지는 것이다. 동시에 여기저기에서 등을 떠미는 소리로 소란스러웠다. 나는 손잡이를 놓지 않은 채 여전히 부동 상태를 유지하려 했으나 하필 여동생까지.

"오빠. 빨리 내려."

그렇게 수배자처럼 끌려 나온 것이다. 다만 내리자마자 아무도 나에게 관심을 갖지 않는 점이 수배자와 다르다. 나 혼자 통로를 찾아 스스로 1층까지 내려가야 한다.

'이게 뭐지? 이러다가 어머니 임종도 못 보는 거 아닌가?'

초조함 따위를 꾹꾹 누르려 했으나 머리가 버걱거렸다. 아무튼 엘리베이터 문이 닫혔으므로 이제 내가 어머니를 따라갈 방도는 없다. 와이셔츠 사내들 역시 저마다 다음 엘리베이터 방문객들을 점검하느라 나의 노여운 표정 따위는 까맣게 놓쳐버렸다.

그리고 처음 알았다. 2020년 이후 대한민국 병원 전체가 코로나라는 거대한 그물에 씌워진 채 모든 시스템이 바뀌었다는 현실을 리얼하게 체득한 것이다. 그러니까 병원 입장으로서는 코로나 전파 여부가 어머니의 중환자실 수술 여부보다 더 중요한 것이다. 눈사태처럼 쏟아지던 햇살이 유리창마다 따사롭게 반사되는 봄날이었다.

사위가 어두워질 즈음 수술이 끝났다. 그리고 지금은 나와 아내, 아들 그리고 여동생이 젊은 의사의 설명을 '차렷 자세'로 듣는 중이다. 아내는 아예 기도하듯 두 손을 모은 채 조아리고 있다.

"동맥경화로 뇌혈관 박리 상태여서 신경외과 팀에서도 수술 시도에 대한 찬반 토론이 쟁쟁하게 있었습니다. 저희 수술팀 역시 각자 집안의 어머니를 떠올리면서 최선을 다해 수술을 진행했고 혈류의 90프로를 확보했습니다. 일단은 괜찮을 겁니다."

그러나 아직도 하루 이틀 사이 뇌출혈이 있으면 20프로의 사망 확률이 있다고 전해 준다. 더 이상 뇌출혈 조짐이 없으면 일상 복귀가 가능하다는 말을 들었으나 전혀 믿어지지 않는다. 다만 그들의 집중력 과정을 더듬더듬 떠올려 보니 진지한 느낌이 들기도 한다. 초로의 과묵한 표정의 의사 하나와 풋풋한 새끼 의사 두엇과 간호사들까지 숨을 고르면서 메스를 건네주었을 것 같다,며 나 홀로 상상에 빠졌다. 문득 아들을 가리키며.

"얘도 의사예요."

툭 던졌으니 생뚱한 소리이다. 젊은 의사가 다소 당황스러운 표정으로.

"아, 그러세요. 긴장되네요."

"아, 아닙니다."

"진짜 긴장됩니다. 제 설명이 선생님과 다르게 느껴지시면 언제든지 보충하시지요."

다행히 아들이 착한 표정으로.

"저는 뇌출혈 수술을 전혀 모릅니다. 잘 듣고 있으니 설명해주십시오. 고맙습니다."

다소곳한 자세를 갖춰 줘서 나의 주책이 대강 넘어갈 수 있었다. 아무튼 그때까지만 희망이 있었던 것 같다. 동맥이 찢어진 뇌혈관 박리 상태로 수술을 했는데 수술은 대체로 성공적이란다. 뇌출혈 조짐만 안 보인다면 일상 복귀가 가능하다는 그 말을 깜빡 그대로 믿었다. 물론 어머니가 회복되지 않은 게 병원 측의 잘못은 전혀 아니다. 다만 한 달도 못 채우고 또 병실을 옮겼으니 불안한 것이다.

입원 27일 만에 다시 수원의 종합 병원으로 이송하기 위해 또 앰뷸런스를 불렀다. 어머니는 여전히 입술이 까맣게 탄 채.

"스산… 으로… 가는 줄 알았… 어."

눈시울에 절망감이 젖어있고 목소리도 덜덜 떨린다. 아, 어머니는 수술이 끝났으니 집으로 돌아가는 줄 아셨나 보다. 그리고 비로소 영원히 못 갈 수도 있음을 직감하신 것이다.

“조금만 기다리세요. 몸이 회복되기만 하면 즉시 서산 아파트로 가서 치킨도 시키고 피자도 한 판 먹을 수 있어요.”

그렇게 희망의 메시지를 드리는 중이다. 정말 회복만 되시면 효도를 할 것이다. 그렇게 맹세를 했으나 병원을 옮기자마자 혈관에 문제가 생겼다며 또 한 차례 수술을 했으니.

어머니의 밥상

악몽에 눌려 화들짝 깨어나니 아내의 승용차 조수석이다. 차창 밖 이팝꽃 떨어지는 사태가 오래도록 길게 느껴지는 이유는 그만큼 시간이 느리게 흐르기 때문이다. 또 수술이다. 그러니까 병원이라는 곳은 옮길 때마다 침대에 눕힌 다음 수술과 시술의 메스를 들이밀고 젊었건 늙었건 나가는 그 순간까지 재활 치료를 종용한다. 아무튼 새로운 시술도 고비를 넘겼다는 소통 이후.

'살았다.'

이차구차 수속 끝에 특별 출입증도 발급받았고 지금은 중환자실 앞에서 대기하는 중이다.

어머니가 나오시기로 예정된 시간은 12시 정각.

예고된 시간이 5분쯤 지나도 문이 열리지 않아 '세상에서 가장 긴 5분'을 실감하는 순간이었다. 그때 문을 여는 드르륵

소리가 굉음처럼 크게 들리면서 나타난 간호사가 .

"할머니가 식사 중이시니까 잠시 기다리세요."

그 전언이 예배당 종소리처럼 쨍그랑쨍그랑 가슴에 파문을 울리는 것이다. 역시 백의의 천사답게 목소리도 아름답고 전달 내용도 상큼하구나.

'어머니가 점심을 드신단다.'

와, 드디어 밥상 앞에 앉으시는구나. '밥심으로 산다'는 어머니의 평소 말씀처럼 밥을 먹어야 기운이 회복되는 게 세상의 이치로구나. 온갖 감탄사 문장이 저절로 나오는 것이다. 그런데 어머니의 밥상 위에 올려놓은 반찬은 과연 무엇이었을까? 고등어찌개나 멸치볶음 아니면 조개 속살 아가리 딱딱 벌리는 된장찌개일까? 기름을 발라 바싹 구은 김은 있을까? 우히히히. 찌개 투가리가 벌컥벌컥 끓을 때마다 나까지 덩달아 벌컥벌컥 숨을 내뿜던 유년의 밥상이 허공에 떠오르면서 마음이 편안해졌다.

밀짚방석 위에 여덟 식구 이맞살 맞댄 채 오그르르 둘러앉은 평화로운 풍경화이다. 두 개의 둥근 밥상이 덩그라니 펼쳐진 안마당의 여름이다. 모깃불 피워 놓고 풋고추를 쌈장에 찍어먹거나 숟가락 위에 새우젓도 올려 주는 오순도순 밥상 풍광을 떠올리면 진짜 마음의 평화가 샘물처럼 넘쳐오를 것 같다. 유월부터 초가을까지는 그렇게 밀짚방석 위에서 온가족이 모여 수저를 들었다. 그랬다. 가족들이 밥상 앞에 모일 때 '우리'라는 느낌이 확연해진다. 가장 인기가 좋은 반찬은 망둥이찌개와 게국지였다.

지금은 간척지가 되어 버린 내 고향 적돌만은 수심이 낮은 서해바다였다. 무인도가 많았고 큰 물고기가 전혀 보이지 않는 대신 썰물 때마다 넓은 개펄이 펼쳐졌던 게 특이하다. 망둥이 낚시질이 악동들의 흔한 놀이였고 썰물 때를 틈 타 박하지나 농게를 잡으러 다녔다. 마른 개펄에 집단으로 기어 다니던 게 떼들이 사람의 발자국 소리가 들리자마자 재빨리 개펄 구멍에 숨는 걸 보면 마치 도깨비장난 같다. 신기하다. 개펄에 가득 새까맣게 바글거리던 수천 마리의 게 떼들이 삽시간에 단 한 마리도 남지 않고 사라지는 것이다.

농게와 능쟁이, 설게도 흔했다. 능쟁이의 구멍은 펄흙 두꺼운 층 아래로 수평으로 파고들면서 보금자리를 틀었고 농게 구멍은 수직으로 깊이 꽁꽁 뚫려 있었으며 설게 구멍은 저만치 떨어진 구멍 두 개가 서로 땅 밑으로 통해 있다. 얼핏 보이지는 않지만 뻘흙 한쪽을 밟을 때 맞은편 어디쯤에서 물줄기가 분수처럼 쭈욱 솟아오르는 바로 그 자리가 설게의 보금자리이다. 호미나 막대기로 구멍을 따라 파가면 영락없이 숨어 있으니 그냥 건져내면 된다. 맛은 좋으나 갑옷 껍데기 벗기는 과정이 귀찮을 수도 있다.

능젱이 구멍은 그냥 손만 집어넣어도 쉽게 잡을 수 있었지만 농게는 수직의 통로가 깊고 딱딱해서 맨손으로는 구멍을 뚫을 엄두를 내지 못했다. 호미나 모종삽을 곧추 세워 직선으로 뚫듯이 파서 뻘흙을 통째로 걷어내어 물로 헹궈 구럭에 담았다. 능젱이는 지천으로 흔한 게이므로 닭장에 던져 먹이로 줄 때도 많았는데 닭들이 부리로 콕콕 찔러 보다가 짠 맛이 느껴지면 한동안 건드리지 않기도 했다.

박하지는 얼핏 꽃게처럼 생겼는데 등판이 딱딱한 녹색이고 크기가 절반 이하로 작다. 인기척만 들리면 무조건 돌멩이 속으로 몸을 감추는 동작도 엄청 빠르다. 개펄에 깔린 돌멩이를 올리는 순간 주황색 집게발을 양쪽으로 쫘악 뻗치며 만만찮게 저항했다. 호미로 누르고 장갑 낀 손으로 거침없이 주워 담았다.

망둥이 낚시질은 검은여를 동그랗게 두른 채 넘실대는 '바다 개울'에 직접 들어가 몸을 담그고 줄을 던졌다. 바다에도 육지처럼 개울이 패여 있는데 그 자리는 썰물 때에도 물이 빠지지 않는다. 그래서 밀물 때 깊이를 가늠하지 못한 채 평평한 바닥을 생각하고 들어갔다가 아차, 하며 익사할 위험도 높은 곳이다. 아무튼 육지처럼 언덕에 앉아 낚싯대를 한가로이 드리우는 게 아니라 가슴까지 차는 물속에 직접 들어가서 낚시질을 하니 민물낚시와는 체감이 다르다.

바닷물고기 중에서는 망둥이가 가장 둔감한 놈이다. 붕어처럼 낚싯대를 드리운 다음 낚시추의 흔들림을 보고 재빨리 잡아채는 게 아니다. 낚싯줄만 물속에 넣은 다음 묵직한 느낌이 오면 그대로 들어 올리면 되는 것이다. 더러는 미끼 없이 그냥 텅 빈 낚시 바늘만 넣어도 덥석 물을 때가 있었다.

이스라엘과 요르단 사이에 위치한 사해死海, Dead Sea 바다와 이치가 비슷하다. 물이 흘러 들어오는 곳은 있지만 나가는 곳은 없다. 따라서 건조 기후인 이곳의 물의 유입 양이 많지는 않지만 빠져나갈 곳이 없이 증발만 하면서 염분의 농도가 너무 높아지는 것이다. 그래서 물고기가 살지 못해 붙인 이름이다. 사람의 몸이 둥둥 떠서 누워서 책도 볼 수 있다는데 사실인지는 모른다.

아무튼 한머리 바닷가에서 염전으로 넣기 직전 바닷물을 증발시키는 그 자리를 '염전 저수지'라고 불렀다. 그 염전 저수지도 사해처럼 염분의 농도가 진해서 몸이 가볍게 떴다. 나이 어린 조무래기들이 헤엄을 배우는 장소로 사용되었는데 특히 파도가 없어서 좋았다. 그리고 염전 저수지의 농도 진한 소금물을 먹은 망둥이들은 동작이 아주 느렸다. 물속에 들어가서 손으로 눌러 뭔가 미끈한 촉감이 느껴지면 그대로 잡아 바깥으로 집어 던졌으니 그게 망둥이의 둔감함이다.

그 해산물 전리품을 우물가에 쏟으면 어머니의 얼굴에서 박꽃 같은 웃음이 터지기도 했다. 우선 펌프물 한 바가지 퍼서 전리품들의 갯냄새를 닦아 낸다. 그때부터 무를 닦고 양파와 감자를 썰었다. 양은솥에 들기름을 살짝 두르고 감자를 데친 다음 망둥이를 넣어야 야채와 해산물의 국물 맛이 제대로 어우러져 살아난다. 게들은 따로 모아 간장을 부어 게국지를 만들었다. 게국지는 서산 고유의 반찬인데 순한 김치에 간장 절인 게를 국물채 쏟아 끓여먹는다. 냉장고가 없던 그 시절에 간장에 졸이는 요리법이 게의 맛을 가장 오래 저장할 수 있는 방법이었다.

병실의 환자용 식판이 둥두렷이 떠오르기도 했다.

침대에 조립된 식탁을 잡아당겨 펼쳐 놓은 소꿉장난 같은 아담한 밥상이다. 식기 하나와 종재기 그릇에 짜고 매운 미각들이 싸그리 제거된 밋밋한 반찬이라도 몸에 넣어야 기운이 회복되니 그게 먹거리의 희망이다. 초로의 아들 역시 노모의 밥상을 정성스럽게 챙겨 어머니의 입에 넣어 주고 싶은 것이다. 숟가락 위에 새우젓을 얹기도 하고 가시를 발라낸 조기의 살점도 올려드린 다음 어머니가 잡수시는 장면을 '으쌰으쌰' 응원하며 지켜보고 싶다. 어머니가 조기 살점을 씹으면 나도 어머니의 표정을 따라 조물조물 씹는 흉내로 기쁘게 동참할

판이다. 그런데 돼지나 닭고기 같은 육식성은 병실에 있는 한 아무래도 포기해야 할 것 같다. 고기가 두꺼워 환자에게는 소화가 부담스럽기 때문이다.

나는 열두 살 때까지 닭을 직접 잡았다. 대범해서가 아니라 그 당시 시골아이들이 대개 그랬듯이 나도 당연히 나이에 걸맞은 역할을 맡는 것이다. 어머니가 닭장을 가리키며.

"철씨, 닭 잡아요."

그러면 머리통 커진 내가 길창덕의 만화책 흉내로.

"말씀 낮추세요. 어머니."

너스레 떨며, 닭장 문을 열었다. 모이를 주는 줄 알고 우르르 몰려드는 놈들 중에서 가장 먼저 달려온 토종닭 한 마리 끌어내어 거침없이 모가지를 비틀었으니 지금 생각해도 터프하기 그지없다. 목에서 우두둑 소리가 나는 순간 약간 묘한 느낌이 들긴 했으나 잔인하다는 생각을 전혀 못했다. 그 죽은 씨암탉을 끓는 물에 집어넣으면 나의 임무가 끝이 났다. 어머니가 털을 뽑고 도막 내어 다시 펄펄 끓인다. 그리고 국그릇 숫자대로 살점을 떼어 배분한 다음 그 위에 국물을 붓는 것이다.

토끼도 마찬가지였다. 키울 때는 벌판에서 토끼풀이나 씀바귀, 소루쟁이까지 지성으로 뜯어 바치고 틈 날 때마다 등허리도 시원하게 긁어 주며 애정을 베풀었지만 막상 잡을 때는 인정사정없었다. 귀를 잡고 위로 치켜 올린 다음 망치로 정수리를 겨눈다. 때릴 때는 단 한 방에 끝내야 뒤처리가 편하다. 첫 방이 어긋나 그때까지 명이 붙은 생명체들이 요동치기 시작하는 순간 인간과 가축의 목숨을 건 처절한 사투가 벌어지는 것이다. 바닥이 온통 피와 털로 범벅이 되기도 한다. 그래서 손아귀에 단단히 힘을 주어 단방을 겨누는 것이다.

죽은 토끼의 엉덩이에 칼집을 낸 다음 밀짚 대롱을 박아 입으로 푸우푸 불었다. 그렇게 바람을 먹어야 토끼의 몸통과 가죽이 분리되어 가죽을 벗기기가 쉬웠던 것 같다. 벗긴 가죽은 그늘에 말려 겨울철 귀마개로 만들었다.

“불쌍해.”

토끼고기도 먹지 않고 훌쩍거리다가 나중에 몸이 해골처럼 비쩍 마르는 동생을 이해할 수 없었다. 불쌍하기로 치면 동물이나 식물이나 똑같다. 가축이나 멸치와 새우, 그리고 배추나 양파 같은 야채까지도 생명은 모두 똑같이 소중하다는 게 내 생각이다.

나 역시 5학년 이후부터 가축들을 일체 잡지 못했으니 나이를 먹을수록 심장의 강도強度가 거꾸로 허약해진 셈이다. 동물들이 주인공으로 등장하는 동화책과 만화책을 많이 본 탓이다. 『플란다스의 개』나 『미운 오리 새끼』, 『토끼와 호랑이』, 『나무꾼과 선녀』의 사슴 등 온갖 동물들이 머리에 박히면서 갑자기 동물들의 생명성을 떠올리기 시작한 것이다.

또 하나, 동물과 식물의 생명성을 분리하기 시작했다. 죽기 전에 발버둥치는 가축과 밑동이 잘리거나 말거나 고즈넉이 지켜만 보는 야채와는 생명성이 다를 수도 있다는 생각이다. 나뿐만 아니라 형제들 모두 뇌가 커 가면서 가축을 잡을 때마다 실실 피하기 시작했으니 나머지는 결국 어머니 혼자의 차지가 되었다. 자식들이 모두 나처럼 살생 거부의 고상한 이유를 든 것이다. 초로의 어머니 혼자 닭 날개를 비틀며 낫을 들고 뒤란으로 나가셨다.

그 후 더 이상 나를 부르지 않았고 당연히 동생들도 부르지 않았다. 어머니는 식구들의 생일 날짜를 달력에 표시했다가 당일 새벽에 당신 스스로 닭장 문을 열어 딱 한 마리씩만 잡았다. 감나무 아래에서 목을 비틀고 송곳으로 정수리도 찌르며 순식간에 숨통을 끊었다. 끓는 물에 털을 벗긴 다음 알몸의 씨암탉을 다시 통째로 삶으면 노란 국물이 솥 위로 둥둥 피어올랐다. 살코기만 조물조물 떼어 식구들의 국그릇에 나누어놓고 적절한 비율로 국물을 배분한 다음 닭의 껍데기만 따로 모아 어머니 혼자 드셨다. 더러는 뼈에 쬐끔씩 남아 있던 살점을 송곳으로 떼어 잡수셨는데 그게 어머니만의 식성인 줄만 알았다.

세월이 흘러 자식들이 장성하여 돈을 벌면서 정육점 고깃국도 밥상에 자주 올랐지만 어머니는 여전히 남아 있는 반찬에만 젓가락을 대셨다. 그런데 외식 때는 달랐다. 훗날 바깥 식당 자리에서 반찬 이것저것에 손을 대는 걸 보지 못했다면 나는 영원히 어머니의 입맛이 짧거나 닭 껍데기만 좋아하시는 줄만 알았을 것이다. 아, 또 있다. 닭 뼈 속에 있는 골은 일일이 젓가락으로 파내어 자식들 숟가락 위에 골고루 배급을 했다. 머리가 좋아진다며.

나중 얘기지만, 결혼 이후 처가에서도.

비슷한 풍경이 나타났다. 결혼 당시 처갓집은 연기군 종촌 지금의 세종시에서 복숭아 과수원을 하시는 중이었다. 그러니까 떠돌이 생선 장수에서 건어물 가게로 확장했다가 마침내 과수원으로 정착했을 즈음이었다. 그 복숭아 과수원의 울타리 구석 어디쯤에 토끼를 서너 마리 키우신 적이 있다. 그리고 아주 가끔 한 마리씩 식탁에 올리곤 했는데 그 가축을 잡는 작업 역시 장모님 혼자서 해결하셨다. 착하게 장성한 자식들이 시위대의 현장에서 화염병이나 돌맹이 던질 때는 앞장을 서기도 했으나 막상 집에서는 토끼 한 마리 살상할 엄두를 내지 못하는 것이다. 하여, 작은 체구의 장모님 혼자 토끼를 잡아 껍질을 벗기고 식탁에 올려야 했다.

또 하나, 장모님은 토끼를 잡을 때마다 과수원 모퉁이 보이지 않는 곳에서 혼자 처리를 하셨다. 청년이 된 풋풋한 자식들에게 차마 피가 터지는 살상 장면을 보이기가 싫다는 것이다. 식솔들 역시 토끼탕만 맛있게 먹었을 뿐 살상 장면과 연관시킬 엄두를 내지 못했다. 그만큼 자식들을 받들면서 지성으로 키워서 저마다 착한 심성으로 자리매김을 시켰다.

지금은 공동체 농부로 살아가는 황덕명 선생이 출판사 '내일을 여는 책' 사업을 하던 시절이다. 그는 도심지를 피해 강화도에 출판사를 차린 동시에 <도장리 청소년 캠프>를 운영하였다. 거기서 기획하는 1박2일 청소년 캠프 프로그램에 특이하게 '살아 있는 닭을 직접 요리하기'라는 과정이 있었다. 얼핏 어리둥절한 느낌이 들 수도 있으나 삶의 인과관계를 더듬어 보면 이는 심오하고 엄중한 교육 과제이다. 자연의 섭리와 인간의 생태 구조 그리고 삶의 도정은 그렇듯 복잡다기하고 이율 배반적인 생존 시스템이다. 그걸 알아야 생명붙이에 대한 관념적 고상함에서 벗어날 수 있다. 불고기 백반이나 치킨, 새우젓이나 뱅어포까지 모든 푸드 뱅크가 그렇다. 살생 이후의 먹거리들이니 그 과정을 떠올리면 먹을 수 있는 게 하나도 없다. 채식도 마찬가지이다. 채소들은 도망칠 수 있는 다리가 없으므로 인기척만 들리면 발발 떨다가 기어코 몸통이 뜯기는 것이다. 꿀벌이 힘들게 모은 꿀을 인간이 착취하는 과정도 마찬가지이다.

벌통은 뒤란 양쪽에 하나씩 배치했으니 딱 두 통이었다. 1972년도이니 내가 고1 때였나, 아버지가 백과사전을 읽으시며 꿀벌을 키웠으니 획기적인 영농법이었다. 아카시아 많은 울타리에 자리를 잡고 판자로 비바람을 막아 주었다. 그렇게 지성으로 키우시던 벌통의 꿀벌들에게 어머니가 집단 테러를 당한 것이다. 그것도 말벌들의 집단 습격을 온몸으로 막아내던 와중에 도리어 아군에게 벌침 테러를 당했으니 어이없는 일이다.

어느 날 여왕벌을 따라 벌통 안의 일벌들이 모조리 따라가면서 꿀벌 한 통이 흔적도 없이 사라졌으니 애통한 일이다. 나머지 한 통만 애지중지 살피던 어느 날 어머니가 뒤란에 갔다가 말벌 떼의 습격을 만났으니 엎친 데 덮친 격이다. '벌들의 전쟁'이었다.

말벌 한 마리가 큰 날갯짓으로 휘몰아칠 때마다 꿀벌들이 몇 마리씩 뺑뺑 나가떨어지는 것이다. 꿀벌들의 저항도 만만치는 않았다. 말벌의 동선을 따라 쫓아다니며 예닐곱 마리씩 달라붙어 물고 뜯고 뜨거운 체온으로 말벌에게 화상을 입히며 결사 항전을 펼치는 것이다. 드디어 전면전이다. 말벌 열댓 마리와 꿀벌 백여 마리가 뒤엉켜 죽기 살기로 싸우는 중이다.

"애들아, 너희 집으로 가랏! 이. 제발."

어머니가 싸리비 들고 끼어들어 말벌을 내리친 것이다. 그리고 싸리비에 맞은 말벌 하나를 신발로 훑어 내려는 순간 발등이 찢어지게 아파서.

"아이고오."

발목을 부여잡고 쓰러졌다. 그 순간 엉뚱하게도 어머니의 얼굴 위로 꿀벌 수십 마리가 달라붙은 것이다. 아랫집 문자 누나네 엄마가 달려와 분무기를 뿌리지 않았더라면, 이건 진짜 만약이지만, 어머니가 그때 세상을 떠났을지도 모른다.

그런데 어머니는 샘물로 얼굴을 닦고 옥시풀을 바른 채 쓰뭉하게 견뎠을 뿐이다. 부기는 시간이 지나면 빠지는 것이라며 모처럼 부채질로 열기를 식히실 뿐 특별한 조치를 취하지는 않았다.

사흘 후였던가,

배추 씨를 사기 위해 서산행 완행버스를 탔단다. 옆자리에 양지편 유 주사가 타긴 했지만 눈인사만 나누고 대충 내외하는 중인데, 갑자기 남자 조수가그때는 완행버스에 운전기사 이외에도 남자 조수와 여자 차장이 있었다. 그리고 운전석 옆에 기사만 오르내리는 문이 따로 있었고 어머니를 물끄러미 바라보다가.

"아줌마."

대답하기 귀찮아서 심드렁하게.

"… 왜애?"

"딸 있슈?"

"무슨 말씀?"

"딸내미 있냐구요? 아줌마 닮은."

어머니가 뜨악하게 바라보다가 피식 웃으며.

"내 얼굴 때문에 놀리는 것 같은데 벌을 쐬어서 이렇게 부은 거야. 보름쯤 지나 부기가 빠지면 괜찮아질 테니 놀리지 마시우. 이. 총각."

"딸 있으면 나한테 달라구요."

"허- 참."

"이히히히. 없겠지. 뭐."

그때 옆자리에 있던 양지편 유 주사가 끼어들어.

"조수 양반, 사모님이라구 불러야 되는 거여. 바깥 분은 교장 선생님이고 따님은 대학생이야. 부기만 빠지면 사모님이 뜬돌면 최고의 멋쟁이셔."

그렇게 등허리 돌린 조수 사내에게 어머니가 주머니에서 껌을 한 개비 꺼내 주었다나, 어쨌다나.

아버지가 돌아가신 후.

어머니를 모시고 삼길포 횟집에 출타했었다. 대산읍의 끄트머리 삼길포에서 바다 쪽으로 수직으로 뻗은 널빤지 데크를 따라가면 밧줄에 묶인 조각배 열댓 척이 떠 있다. 그 배들은 날마다 한 칸씩 옆으로 이동시키는 룰로 손님 유치의 공평성을 유지시킨다. 그리고 조각배에서 직접 회를 떠 주는데 가격이 저렴하다.

먼저 그물로 건진 생선의 머리를 칼로 뚝 잘라 양동이에 던진다. 회를 뜬 다음 마른 수건으로 덮어 두어 차례 밀면서 살점의 물기를 제거한다. 그렇게 매운탕거리까지 챙겨서 가로림만 횟집에서 생애 처음 우럭회를 시켜드렸다.

설레설레 흔들 줄 알았던 예상을 깨고 웬걸, 어머니가 생선회 흰 살점을 초고추장에 찍더니 넙죽넙죽 잘도 드셔서 형제들 모두 기절하는 줄 알았다. 음식점 식탁의 남은 반찬에도 골고루 젓가락을 대시는 것이다. 예전처럼.

'난 날것을 싫어해.'

그런 표정을 지우시고 부지런한 식탐에 빠지시는 걸 보고 자식들 모두 깊은 반성 모드에 빠지기도 했다. 어머니가 회를 좋아하신다. 피자와 치킨, 순대와 치즈까지 좋아하실지 모른다. 그러니까 긴 세월 아버지의 입맛에 맞추기 위해 일체 표시를 내지 않으셨으며 나머지 식솔들 모두 인자한 가부장의 권위에 이의를 제기하지 않았던 것이다. 그랬다. 아버지는 불고기나 동치미, 된장찌개 같은 재래식만 고수하셨고 변화된 음식에는 무조건 손사래를 치셨다. 치즈는 느끼하다며 거부하셨고 횟집은 기생충 전염을 강변하며 금지시켰고 중국 음식도 기름기가 많아 혈액 순환을 둔감하게 만든다며 비호감을 표시하셨다. 부부의 일심동체, 어머니도 당연히 그런 줄만 알았다.

아버지가 세상을 뜨신 90세 이후에야 어머니의 식성을 새롭게 파악했다는 건 참으로 안타까운 일이었다. 어쨌든 굽은 등으로 피자에도 도전했으니 어머니의 미각에 화양연화가 도래한 것이다. 그때부터 뷔페에도 행차하셨고 길거리 좌판에서 순대도 잘랐으며 중국식 마라탕도 드셨다. 그믐밤 어느 날에는 치킨도 배달시켜 모자지간에 이맛살 맞대고 소스에 찍어 주거니 받거니 먹었다. 남은 단무지는 냉장고에 챙겨 이튿날 반찬으로 재활용했으니 알뜰 식단이다. 그게 어머니 식탁의 마지막 절정인 시절이었다. 다가오는 유월 어디쯤 제주도행 카드까지 만지작거렸다. 모친의 노쇠해진 몸과 코로나 사태를 저울질하며 효자손 계획표가 불발된 게 치명적으로 아프다. 개심사의 산채나물 비빔밥이 마지막이라니.

드디어 병실을 옮기는 어머니.

중환자실의 문이 드르륵 열리더니 치렁치렁한 침대머리가 나타난다. <미스터 션샤인>의 우마차처럼 무거운 수레 하나가 덜커덩덜커덩 밀려오는 것이다. 어머니의 침대이다. 링거병이 주렁주렁 매달려 있고 코에는 호스가 꽂혀 있는 게 영락없는 중증환자의 이동 풍경이다. 산소 호흡기인 줄 생각하며 슬픈 표정으로 물었다.

"호스는 뭐지요?"

"음식물 들어가는 기구예요."

유년의 둥근 밥상이 쨍그랑쨍그랑 내동댕이쳐졌다.

어머니가 콧구멍의 호스로 음식물을 섭취하시는 거란다. 앞으로도 빠르면 20일이고 길어지면 달포 이상 그렇게 콧줄 식사로 연명해야 생명이 연장된단다. 개나리꽃 무더기가 석고상처럼 딱딱하게 굳어 버렸다.

지금 그미는 콧구멍으로 음식물을 섭취하신다.

'코끼리 아저씨는 코로 받아 입에 넣는데 얼레꼴레리 우리 엄니는 음식을 코로 먹는대요.'

그런 문장을 떠올리다가 속이 울컥 뒤집히면서 현기증이 밀려왔다. 깊은 잠에 빠진 다음 영원히 깨어나지 않고 싶다.

3부

어머니는 '기-승-전-깔끔'이셨다

병상 50일.

샴프, 린스, 긴 양말, 휴지, 기저귀 등을 준비해 방문 중이다. 그토록 깔끔하고 자존심 강했던 우리 어머니, 그 인생의 막바지에서 아랫도리 기저귀 차며 견디는 모진 삶을 만나게 될 줄은 손톱만큼도 예상치 못했다. 젊은 날 신작로 신여성 캐리어의 그미, 지금은 모든 게 바뀌었다.

어머니에게 힘든 것 중 하나는 몸의 무게중심 잡기이다. 기저귀를 갈기 위해서 몸을 침대 위쪽으로 한 뼘 이상 들어 올려야 하는데 체중이 많이 나가는 게 문제이다. 세워 놓았다가 조금만 움직여도 자꾸 바깥쪽으로 기우뚱기우뚱 쓰러지는 것이다. 하여, 두 팔을 양쪽으로 넓게 벌려 흔들리는 몸을 잡다가 중심을 놓쳐 침대 아래로 떨어지면 난리가 터지게 된다.

섭취하는 물에 비해 소변의 양이 적어서 검사해 본 결과 폐가 붙은 쪽에 소량의 물이 차 있다는 소견이 나왔다. 병원 측에서는 가슴에 바늘을 넣어 물의 원인을 알아보자고 하는데 망설일 수밖에 없다. 노인의 몸에 자꾸 메스를 대어 해결하려는 병원 시스템이 싫은 것이다. 그랬다. 그들은 병원을 옮길 때마다 MRI와 CT를 들이밀었고 하마 부서질까 봐 만지기조차 두려운 노모의 몸을 접고 마구 꺾고 뒤집었다. 이번에는 담낭염이 있던 부분에 담석이 보이니 내시경 시술도 하자고 권한다. 의사는 자꾸 시술을 권하고 보호자는 망설이는 사태에 나도 서서히 이력이 붙었다.

"위험하지 않나요? 초고령인데."

"위험합니다."

나는 뜨악한 표정으로.

"시술을 해도 위험하고 하지 않아도 위험하다는 겁니까?"

"뭐 하나 장담할 수 없습니다."

"위험 부담이 절반이라면 저는 선택하지 않는 쪽입니다. 초고령 환자의 몸에 메스를 대는 게 두렵습니다. 회복이 불가능하면 환자의 몸이라도 편해야 하지요."

"그렇긴 하지요."

내 말을 싱겁게 수용해서 어리둥절 긴장이 풀렸다. 뇌졸중 수술 자체의 위험을 떠올리며 그렇게 일단 거부 의사를 표시했는데 제대로 내린 판단인지 감이 서질 않는다. 그러나 분명한 게 있다. 아무리 수술을 하더라도 어머니가 병실 침대에서 영원히 벗어날 수 없다는 점이다. 수액이라도 공급하려 했는데 수박을 많이 잡수셔서 괜찮은 것 같다니 그나마 다행이다.

재활 치료도 마찬가지였다. 수수깡처럼 허약한 노모를 벌을 주듯 20분 동안 세워 놓으며 운동을 시키는 게 싫었다. 옮기는 대학 병원마다 그런 갈등이 있었다. 그들은 연신 재활 치료를 권하고 나는 이리저리 빼는 것이다. 그러자.

"요양 병원으로 가세요."

그러니까 대학 병원은 수술과 시술을 한 다음 치료하는 곳이며 재활 병원은 훈련을 통한 회복을 목표로 하는 곳이다. 환자들을 눕혀놓고 함께 지켜보며 재우고 살펴 주는 의료 시설은 요양 병원이라는 것이다. 그러니까 목적부터 다르다는 그 말이 맞는 것 같다. 일반 병원과 요양 병원의 역할 구분도 처음 안 사실이다. 또 있다. 요양병원에는 의사가 있고 요양원에는 간호사만 있다.

그런데 웬일일까, 오늘은 어머니가 아내를 보자마자.

"공… 주서… 왔어?"

그 말에 모두 기절하듯 깜짝 놀랐다. 더듬더듬했지만 분명히 들었다. 동그랗게 눈을 뜬 간병인이 아내를 가리키며.

"누구지요?"

"며느… 리."

대답하는 바람에 아, 하는 안도의 한숨을 내쉬었으나 딱 거기까지였다.

"며느리 이름이 뭐예요?"

"…."

그 후 대답은 없이 그냥 쓸쓸하게 웃는 표정을 지으셨다. 내가 바싹 다가앉아.

"어머니. 며느리 이름은 박명순이에요."

귀엣말로 속삭여도 더 이상 대답은 없다.

'며느… 리'

혹시 어머니의 다음 말문이 터지는 게 아닐까, 설레기도 했지만 거기까지였다. 그 말이 어머니의 입에서 나온 마지막 단어였다.

이번에는 어머니가 팔을 느릿느릿 들더니 내 남방의 단추를 만지작거리신다. 그러더니 단추 구멍에 끼우려 손을 연신 움직이는 것이다. 아차, 단추가 풀어진 걸 깜빡한 채 방문한 것이다. 그랬다. 어머니는 아들을 볼 적마다 허술한 복장의 점검을 놓친 적이 없다. 단 한 번도.

유년 시절에 그런 이야기를 들은 적이 있다.

"구십 먹은 노모가 칠십 먹은 아들한테 '우산 쓰고 가라', '높은 데 올라가지 마라. 차 조심 해라.' 잔소리 한단다. 웃기지?"

동네 할머니들의 잡담을 들으면서 나는 우습지는 않았지

만 그냥 웃어주었던 것 같다. 그 당시 '지천명'이나 '이순', '고희'는 나와 전혀 상관없는 연륜으로 여겼는데, 사오십 년 후 그게 바로 내 얘기가 되었다. 그리고 노모의 눈에는 초로의 아들이 이것저것 챙겨주어야 할 어린애로 비치기도 하는 것이다.

나는 집이 공주이지만 결혼 이후에도 서산에서 절반 정도 직장생활을 하면서 긴 세월 주말부부로 살았다. 부모님과 함께 살지는 않되 거점 소도시에서 여차하면 몸을 빠르게 이동시키기 위함이 목적이다.

50대 초반 이후 7년 정도 함께 살 때에는 특히 소소한 갈등들이 있었다. 모친은 아들의 후줄근한 외모를 아주 못마땅해하셨다. 하여, 나중에는 아파트를 나와 근방에서 자주 들락거리기로 작전을 바꾼 것이다. 그 와중에도 어머니는 끊임없이 복장검열을 시도하시며 아들의 연륜이 지천명이 지나고 또 이순이 넘었음을 인정하지 않으셨다.

"머리 깎아라."

"… 에헤헤."

세월이 아무리 흘러도 여전히 '어머니'가 아니라 '엄마'의 역할만 고수하는 것이다.

"교장이 너를 보면 얼마나 싫어하겠니? 제발."

해방 직후 교단에 서신 아버지는 스물아홉에 교감님이 되셨다. '세계 2차 대전'의 패전 이후 일본인 교장들이 즈이 나라로 우르르 쫓겨난 것도 빠른 승진의 이유가 된다. 마흔셋에 교장님이 되셨다가 만 65세 그러니까 '집 나이'로 예순일곱에 나오셨으니 한평생 '교장 마인드'로만 살다가 정년 퇴임을 하신 것이다.

그러다가 만년 평교사 아들이 교장보다 더 늙어버리자 그 '교장 눈치 카드'를 접더니.

"나이 먹을수록 애들 앞에서 꾀죄죄하면 안 된다."

이번에는 '아이들 눈빛 카드'를 내밀려 조여 오셨다.

그리고 나도 세월이 흘러 몇 년 후 퇴임을 했다. 이제 칠판 앞에서 아이들을 만날 일도 없으니 비로소 복장만큼은 자유로운 몸이 될 줄 알았는데 착각이었다. 정년 퇴임 이후에도 일주일 간격 방문으로 의무 효심을 표시할 때마다 어머니는 초로의 아들에게 미주알고주알 잔소리를 하셨다.

"직장에 다니지 않을수록 깔끔해야 한다."

그 엄격한 복장 검색이 짙어질수록 소심증 아들의 심장을 더욱 오종종하게 졸라매는 것이다. 그래서 모친의 아파트에 방문할 때마다 엘리베이터 거울 앞에 서서 머리끝에서 발끝까지 짯짯이 자기 검열을 마친 다음 문을 열었다. 그래봤자 만날 때마다 지적 사항이 새롭게 개발되어 족집게처럼 집어내었다.

머리를 깎으면 바지가 걸렸고 바지를 갈아입으면 구두코에 묻은 진흙이 보이는 것이다. 그리고 끊임없이 해결하려 하셨다. 눈 비비고 일어나 아침 인사를 드리려고 하면 담요를 깐 채 아들의 바지를 다리고 계셨고 마침 나타난 아들의 소매를 당겨 그예 머리를 빗기셨다. 초로의 아들이 고개 숙인 채 노모의 손가락에 머리카락을 맡기는 것이다. 새벽에 출타하려면 어느새 내 구두코를 반짝반짝하게 닦으시며 한숨을 푹푹 쉬셨다. 그렇게 '기-승-전-깔끔'의 구도를 한평생 굳세게 지켜내셨다.

격동의 시국 80년대 후반 그해 여름,

17명의 교사가 학교를 쫓겨나는 필화 사태가 터졌다. 동시에 고즈넉한 소도시에서 젊은 교사 두 명이 해직을 당하는 초유의 상황이 생긴 것이다. 매스컴에서는 날마다 아들 강병철과 그 젊은 의식화 동반자들을 도마에 올렸다. 순수한 학생들을 선동하여 자유 민주주의 체제를 뒤집으려 한다는 전파를 철면피처럼 쑤셔 대었다.

'일부 극소수 과격한 젊은 교사들이 자라나는 꿈나무들에게 의식화 교육을 주입시켜 정부의 전복을 노리면서 적을 이롭게 하는 집단행동을 도모하고.'

그런 가짜 뉴스를 쉴 새 없이 쏟아내며 민초들의 눈과 귀에 덮개를 씌우는 것이다. 그리고 학교마다 의식화 교사를 식별

하는 공문도 보냈으니 그 내용은 대략 이렇다.

- 촌지를 받지 않는 교사
- 학급 문집이나 학급 신문을 내는 교사
- 형편이 어려운 학생들과 상담을 많이 하는 교사
- 지나치게 열심히 가르치려는 교사
- 학생들에게 자율성과 창의성을 높이려는 교사
- 아이들에게 인기 많은 교사
- 자기 자리 청소를 잘하는 교사

그리고 87년 이후에는 한 가지 항목이 더 추가되었으니.

- 한겨레신문이나 경향신문을 구독하는 교사.

그런 수준의 공문을 전송하면서 그 배후에 해직 교사들이 있다는 소문도 퍼뜨렸다. 그러거나 말거나 어머니는 당당하게.

"살다 보면 이런 일 저런 일 다 겪는 거다. 이도 저도 다 깨지면 까짓것 나랑 같이 농사를 지으면 그놈들 눈치 안 보고 마음만큼은 편하게 살 수 있다."

가족들 중에서 가장 의연한 표정을 지으셔서 깜짝 놀라게 했다. 그런데.

"그 대신 삽질이 끝난 후라도 복장만큼은 반드시 깔끔해야 한다. 학교를 짤린 선생은 역시 복장부터 후줄근하구나. 그런 소문으로 동네방네 흉잡히지 않게 머리도 깎고."

그 다음에는.

"등목을 한 후 정갈한 옷을 입고 마루에 책상다리로 앉아 책을 읽어야 한다. 무슨 일을 하든 품격이 중요해."

아버지가 예전에 지녔던 노동 후의 정갈한 모시옷 포즈를 아들에게도 이어받게 하려는 것이다.

그 변두리 시영 아파트에 형사들이 도발하듯 가끔 찾아오곤 했는데 어머니는 그때마다 당당했다. 어느 날, 웬 가죽 잠바 차림의 사내 하나가 댓바람에 현관으로 성큼성큼 들어오며.

"아들은 어디 있소?"

"모르오."

"어디 갔냐구요?"

"그냥 밖에 나갔소."

"그런 짓을 했으면 행선지를 잘 살펴야 한다니까요. 보이지 않는데서 무슨 행동을 할지 어떻게 아냐구요? 어머니께서 철저하게 감시해야 합니다."

"여보쇼, 무슨 말을 그렇게 함부로 하시오? '그런 짓'이라니. 공직에 있는 분이라면 말씀 삼가시오. '보이지 않는데'는 무슨 생뚱한 소리요. 아니, 나이 삼십 넘은 사내가 외출할 때마다 늙은 부모에게 일일보고를 합니깟?"

냅다 눈을 부라리자.

"직업이 없을수록 위험하다구요."

"직업이 없다니, 이봐요, 내 아들은 선생님이라오. 천성이 스승인 사람은 강제로 담장 밖에 쫓겨나도 몸만큼은 그대로 스승인 거요. 당신들이 멀쩡한 사람을 쫓아내 놓고 '직업이 없을수록'은 무슨 뻔뻔한 소리요? 그런 소리 지껄이려면 당장 나가시우. 경찰에 신고하겠수다."

"내가 경찰인데 누구한테 신고를 해?"

"그럼 경비실에 연락해서 끌어 내겠소. 남의 집 현관 불법으로 쳐들어온 경찰께서 아파트 경비원에게 쫓겨나면 꼴 좋겠수다. 나가요. 나갓! 지금 당장 전화합니다."

"해 보소. 허참. 경비 아저씨가 잘 올라오겠수다."

"거기 경찰서장 이름이 뭐요? 당신네 상사한테 직통 전화로 야단을 치겠소. 부하 직원에게 남의 집 방문하는 예법도 제대로 못 가르친 건 그쪽 책임자의 잘못이니 상부에 보고하겠소. 멀쩡한 집에 쳐들어와 윽박지르는 게 무슨 대한민국 경찰이오?"

그렇게 기가 죽은 경찰을 문밖으로 쫓아내며.

"그리고 내 아들은 소설가요. 소설가가 뭐하는 사람인지 제대로는 모르지만 머리가 꽉 찼으니 그런 일을 도모하는 거요. 앞으로 허튼 소리 하려거든 얼씬도 마시욧!"

문을 닫고 소금도 한주먹 휙 뿌렸다. 그래서일까, 그 후 함부로 아파트 초인종을 누르던 불시 방문의 행적이 사라졌다. 나중에 어머니의 무용담을 들은 후.

"잘하셨어요. 다시는 얼씬도 못하게 혼구녕을 내야 한다구요. 어머니는 막강한 여전사예요. 파이팅."

내가 어깨를 주무르며 재롱을 피우자.

"그래도 복장만큼은 단정하게 해야 한다. 직업이 없을수록 사람들에게 꼬조조한 외모로 깔보이면 안 된다. 지금 네 복장 상태로는 저런 막된 인간들에게 무시당하기 딱 좋다."

다시 '기-승-전-깔끔' 카드를 내미는 바람에 나는 구호 외치듯 벌떡 올렸던 손을 내리며 입술을 쭈우 내밀었다. 에-하면서.

그리고 36년이 지난.

오늘은 어머니가 없는 그 아파트에 옷장을 정리하러 나 혼자 왔다. 주인 없는 텅 빈 아파트는 공기부터 싸- 하다. 장롱 속 옷걸이의 틈새가 벌어졌지만 아직 옷감이 상하지는 않은 게 다행이다. 베란다의 화분 몇 개는 이미 고사 직전이므로 재빨리 물을 주어 살려야 한다. 아무튼 이제는 '머리 깎으라'고 야단맞을 염려가 없어졌으므로 엘리베이터 거울 앞에서 복장 검열을 하지 않는다, 며 초로의 아들은 안심 독백을 한다. 야단치는 사람이 없으므로 바지 벨트도 풀지 않고 소파에 누워 불량 자세로 누워 빵을 먹을 참이다. 실제로 당신께서 좋아하시는 붕어빵을 사와서 혼자 우적우적 먹는 중이다.

'아무도 안 주고 혼자만 먹을 거여.'

중얼거리며 글썽이는 중이다. 그러다가 벌떡 일어나 거울 앞에서 어머니를 소환하여 조근조근 따지기 시작한다.

"어머니, 회를 그토록 좋아하시면서 어쩌면 한 번도 내색을 안 하셨어요? 닭은 혼자만 잡으시고 살은 가족들 국그릇에 배분하시고 어머니는 우툴두툴 기름기 많은 껍질만 잡수셨잖아요. 그 헌신성이 불효자를 만드셨네용. 아셨죠? 잘한다는 게 꼭 잘하는 것만은 아닐 수도 있습니다."

"지난번 오리탕을 먹을 때는 왜 손주에게 '아가, 잘 먹었다' 라고 하셨나요? 그때 돈을 낸 사람은 저였거든요. 빤히 보시고도 그러시는 거 알아요. 제가 낸 거라고 정정해 드렸는데도 또 내 아들에게 두 번이나 '악아, 잘 먹었어'라고 하시는 거예요. 돈은 아들이 내고 칭찬은 손주가 받고."

"준이가 서울대 붙었을 때 어머니께서 그리도 표시를 내셨어요. 빨래방망이 두들기면서도 '준이가 효자다' 돼지울깐 구수에 구정물 부으면서도 또 그 소리 '준이가 효자다'를 연발하시며 입술이 귀에 걸리셨어요. 저는 지방대 가서 죄송합니닷. 그래도 아파트 평수도 늘리고 장가 잘 가서 아들, 딸 잘 키우고 살았잖아요. 잉.”

“85년 그해 여름 새벽에 제가 끌려갔잖아요. 그날 아침 얼마나 허망하셨나요? 그땐 나 혼자만의 위급함에 빠져 기실 아무 생각이 없었는데 세월이 갈수록 가슴이 시리다구요. 만약 누군가가 내 아들 딸을 끌고 가고 텅 빈 집안에 혼자만 남는다면 저는 아마 쓰러졌을 거예요. 그 못 볼꼴을 보시면서 집안 전체에서 그래도 우리 어머니가 가장 의연하셨어요.”

“여고생들 치마가 짧다고 너무 뭐라고 하지 마세요. 호떡집 행구네 할머니는 걔네 치마 밑으로 하얀 종아리가 쑥쑥 튀어나오는 게 그리도 부럽다네요. 담배 피우는 여고생도 예쁘대요. 토요일 저물녘에는 깨진 가로등 뒤에서 뽀뽀하는 고딩 커플을 봤대요. 싹수가 노랗다고 했냐고요? 아니요. 행구 할머니 왈, 고것들 흉하긴 해도 참 풋풋하네, 그렇게 어른이 되는 거여, 하더라구요. 그래야 할망구 소리를 안 듣는 거예요.”

“이제 ‘까웅’ 잘 잤다. 하시며 일어나 보세요. 기지개도 펴시고요. 순대 한 접시 도전해 볼깝쇼? 재래시장으로 나갑시닷.”

이 혼자 중얼거리는 버릇은 유년 시절 ‘종이 인형 동물 놀이’에서 시작되었다. 사랑방에서 혼자 종이 인형을 줄 세우고 이동시키며 감독과 연출 그리고 배우와 관객까지 나 홀로 모노드라마를 펼치는 것이다. 가위로 오려낸 종이로 망아지나

코뿔소, 악어도 만들어 놓고 싸움도 시키고 사랑과 화해도 연출했으며 스토리를 만들어 백두산이나 해왕성, 명왕성까지 다녀왔다. 코뿔소와 '미운 오리새끼'를 결혼시켰고 때로는 지배자가 된 원숭이들의 채찍을 맞으면서 인간 노예들이 리어카도 끌게 하고 대가리도 박게 만들었다.

하루는 어머니가 홍시를 주러 사랑문 앞에 왔더니 안에서 중얼거리는 소리가 들려 '누가 왔나?' 문틈으로 보니 나 혼자 중얼거리고 있었다고 했다. 서울로 유학을 떠난 아들을 떠올릴 때마다 중얼거리는 소리가 들리는 것 같아 나중에는 당신까지 따라하셨다. 지금도 어쩌면 닫힌 병실 안에서 아들의 중얼대는 소리를 떠올리고 계실지도 모른다.

어머니의 표정이 안쓰러웠던 건 재활 교육으로 지친 몸도 원인이 된다. 90대의 장기 입원 환자에게 20분 간 서 있게 하는 훈련이 군대 시절의 기합 받던 장면처럼 고통스럽게 연상되는 것이다. 또 있다. 병원을 옮길 때마다 찍고 엎어치고 돌리면서 수술과 시술을 권하는데 그때마다 어머니의 몸이 이리 꺾이고 저리 꺾인다. 그리고 나는 그 효험성에 대해 허망함을 느끼는 것이다.

이렇게 몸 고생하는 모친 앞에서 재롱 떠는 귀염둥이 표정도 연출할 줄 알아야 하는데 초로의 아들은 그 앞에만 서면 로봇처럼 뻣뻣해진다. 예전에는 누나의 손주 그러니까 증손주들이 '왕할머니 파이팅' 재롱을 부르면 슬며시 미소도 짓곤 했는데 지금은 그나마 잦아지셨다. 필리핀 여행 사진을 비장의 카드로 꺼내 펼쳤으나 며칠 전의 그 환한 표정을 보이시지는 않는다. 그래도 한 달 내내 달고 다니던 콧줄을 떼어내니 최소한의 품격이 보이셔서 조금은 다행이다.

보랏빛 엉겅퀴가 대궁 세우는 늦봄이다.

제가 딸입니다

어느새 대학 병원 4주가 마감되어 다시 새로운 도시 찾아 또 전원轉院을 했다. 수원의 그 병실로 처음 이동했을 때는 일단 마음이 편안했다. 여섯 개 침대 커튼이 모두 활짝 열리고 환자들끼리 마주보며 하하호호 떠드는 분위기가 새로운 것이다. 침대 이웃끼리 복숭아 통조림이나 바나나도 권하면서 건강과 회복에 대한 안부를 나누곤 했으니 그 아니 푸푸한 풍경인가? 아픈 몸들끼리 서로 기대며 소통 중이다. 딱 한 사람, 어머니만 그 풍경 속에 들어가지 못한 채 침대 모퉁이에서 혼자 눈을 감고 있는 것이다. 이제 장기전으로 돌입했으니 마음의 안정이 무엇보다 중요하다.

순수 병원비보다 간병인에게 입금시키는 금액이 가장 크다.

10개월 전이니 불시의 입원 직후였던가. 입원 일주일 후, 청구서 꼭대기에 수술비 2천만 원이 적혀 있어서 가슴이 철렁했는데 실제 납입액은 137만 원이라서 '휴우' 가슴을 쓸어 내렸다. 뇌경색의 경우 처음 28일까지는 5프로만 부담하며 그 다음부터는 20~30프로로 상향 조정된단다. 그리고 병원비 총액 600만 원이 넘으면 연말에 통장으로 환급이 되니 무한지출이란 없다. 병원비의 천문학적 부담은 피할 수 있으니 정말 다행이다. 그렇게 한반도 의료 정책의 높은 수준을 체득하는 중이다. 미국에 사는 누나네 아들들 연재흠, 연정흠의 가족들도 수술을 미루었다가 한국에 올 때마다 병원을 찾는단다. 경비의 차이가 너무 크기 때문이다. 딱 하나, 간병비는 개인적으로 보험을 들지 않는 한 아직 국가적인 지원이 전혀 없다.

그 종합 병원은 전국에 열 개 정도가 같은 이름으로 포진된 계열사 대형 병원이다. 지난달 그 중 한 건물이 코로나에 노출되어 그 병원 전체가 문을 닫은 동시에 나머지 계열사 병원의 신뢰도까지 추락되어 호되게 곤욕을 치르는 상태이다. 지금도 마찬가지이다. 코로나 환자 한 명만 발생하면 12층 병원 전체가 마비되며 100여 명의 의사와 수백 명의 간호사와 직원들 그리고 비정규직 알바들까지 손발이 싸그리 묶이게 되니 정문에서부터 그물망처럼 촘촘한 수속 절차가 당연한 것이다. 닦고 조이고 기름 치다가 호시탐탐 핀셋으로 찍어 내는 것이다. 그건 그렇고.

언제부터인가, 새로 면회를 갈 때마다 '하하호호' 수다가 사라지고 커튼이 내려진 채 싸- 한 공기로 변신했으니 수상한 풍광이다. 새로 등장한 옆 침대 간병인 때문이라고 수근대는 중이다. 그러니까 배우자의 성품이 부부의 평생 행복을 좌우하듯이 병원에서는 간병인의 품성에 따라 환자의 한시적 행복이 좌지우지되기도 한다.

어머니의 옆 자리 간병인인 그미를 그냥 M이라 부르겠다.

이 병실의 간병인들은 대개 14일 정도 연달아 환자를 돌보다가 날짜가 지나면 겨우 몇 시간 외출 후 다시 병실로 돌아오는 시스템이다. 그러다가 환자의 병이 낫거나 세상을 떠나면 다시 센터로 돌아간다. 새로운 환자가 나타나지 않으면 센터에서 콜이 올 때까지 무작정 대기하는 불안정한 구조이다. 24시간 내내 일에 시달리는 건 아니지만 풀타임 동행을 하며 보호자가 내는 하루 9만 원 정도가 수입의 전부이다. 장기 입원의 경우 휴일 수당을 따로 지급해야 한다. 노동의 강도는 엄청 센 대신 일체 바깥출입을 못해 돈을 쓸 시간이 전혀 없으니 개인의 행복도가 아주 빈약하다. 뒤집어 생각하면 번 돈의 몽땅 저축이 가능하다는 얘기이다. 그리고 10년을 채우면 소액의 연금 수급도 가능하니 3D 업종의 고단함 대신 노후가 쬐끔은 보장된다.

어머니의 간병인은 북간도 출신인데 체격이 왜소하고 눈빛이 선량한 게 '언덕길 꽃다지' 표정이다. 간도에서 가난한 편은 아니었지만 더 질 높은 삶을 찾아 한국행을 결심했단다. 그리고 조선족들이 한국에서 일을 할 때 본토인 동업 직종들에게 차별을 받기도 하니 그게 텃세다. 그미 역시 동업자 M이 힘들다며 난색을 표했으니… 어머니가 혼몽 상태에서 팔을 흔들었는데.

"왜 건드려?"

큰 소리로 벌떡 짜증을 냈단다. 안타깝다. 연변 출신 간병인들은 병원에서도 토종 간병인들에게 눌려 큰소리를 내지 못하는 불평등 구조를 견디고 있단다.

M은 두 개의 표정을 가지고 있다. 꽃 이파리 우수수 떨어지는 센티멘탈 눈빛도 지을 줄 안다. 또 미소와 우수가 혼재된 그 표정도 그때만큼은 진실이므로 얼핏 청량한 웃음소리로 혼돈할 수도 있다. 특히 목사님과 통화할 때는 싸리 회초리처럼 낭창낭창 허리도 흔들면서 호호호 화사한 톤의 언어를 내뿜는다.

그러나 그미의 담당 환자와 '면 대 면'일 때는 재빨리 B사감처럼 차가운 표정으로 변신한다. 이동시킬 때에도 몸을 팍팍 미는데 안타깝게도 그 환자 역시 아프다는 표현을 할 능력이 없다. 그러다가 보호자와 동석일 때는 또 다시 상냥 마스크가 되는 두 얼굴인데… 나도 겪었다. 아내와 함께 면회를 가서 어머니 손등을 조심조심 쓰다듬는데 M이 다가오더니 우리 부부를 가리키며 차가운 목소리로.

"한 분은 나가세요."

두 사람 면회는 금지라는 것이다. 그게 맞는 말이긴 해서.

'아니, 의사도 아니고 경비원도 아닌 사람이 왜 남의 일에?'

라고 항의하지 못했다. 나가지는 않고 커튼을 내리고 쥐 죽은 듯 숨도 멈췄다. 어머니와 눈빛만 소곤소곤소근 맞추는 스릴도 있긴 했다. 그런데 M이 2번 침대 간병인에게.

"샤워하고 나올 테니 우리 환자 봐주세요."

당연한 듯 부탁하는 것이다. 이게 뭐지?

'환자 외에는 사용 금지'

몇 번을 다시 봐도 분명한 문구인데 M이라는 여자의 거침없는 실내 샤워 시도에 갸우뚱했다. 보호자들은 복도 끝의 화장실을 사용하라는 규칙이 분명히 적혀 있는데 그미 혼자 당당하게 어기는 것이다. 그러니까 남들은 모두 법과 원칙을 분명히 지켜야 하는 거고 어기는 게 들키는 순간 그미에게 가차 없이 야단을 맞아야 한다. 그러나 자신의 규칙 위반에는 관대하니 그게 내로남불 타법이다. 그러거나 말거나 나는 아무 대응도 못한 채 숨죽이는 수화手話 면회를 끝내고 살금살금 나왔다. 흐흐흐, 이번 면회도 성공이다. 비로소 안도하며.

그 상태에서 환자를 만나려니 소위 위장 진입을 시도할 수 밖에 없다. 간병인 명찰을 차고 바깥 벤치에서 쉬게 한 다음 교대하여 다시 온도와 수속을 체크하는 등 이차구차 과정을 거쳐야 한다. 여동생 강병선이 그런 식으로 교대하여 간신히 혼자 올라갔는데 하필 그때 M이 어머니에게 호통 치는 장면을 만난 것이다.

"팔 치우라구요. 으이그. 아까부터 왜 자꾸 넘어와."

어머니의 팔뚝이 침대 모서리를 넘어 간병인 옆구리에 스쳤다는 것이다. M은 솔개처럼 날개 치며 소리를 지르고 모친 혼자 겁먹은 병아리처럼 움츠려 발발 떠는 상황이었다. 그것도 절반 이상 반말투이다. 아, 내 어머니가, 구십 평생 도도한 자존감으로 살아오신 내 어머니가, 한반도 역사의 산 증인 김현송 할머니가 침대에 묶인 채 속수무책으로 당하는 것이다.

"왜 사람 옆구리를 아프게 치냐구. 팔을 단단히 묶어 놔야지. 원 사람 잡겠네."

"… 아… 아."

"이느므 팔뚝이 자꾸만 쑥쑥 삐져나오니 도통 잠을 잘 수가 있나? 성경책도 못 보겠네."

그렇게 무방비의 꾸지람을 받는 것이다.

"사람이 너무 오래 살면 못 쓰는 거야. 저러다가 결국은 죽는 건데."

그 광경을 먹하니 지켜보던 여동생 강병선이 마침내 가로막으며.

"제가 이 환자의 딸입니다."

여동생은 눈시울이 그렁그렁하게 젖었고 M의 얼굴은 홍당무처럼 발그스레 달아오른다. 야수처럼 포효하던 그미가 건강한 보호자가 '짠' 하고 나타나자 급 겸허한 모드로 변신한 것이다. 조신하게 고개를 숙이는 데까지는 1초도 걸리지 않았다.

"무슨 일이시죠?"

"엣… 그게 아니구요."

갑자기 익은 벼처럼 고개를 숙인다. 어머니의 겁먹은 눈빛도 비로소 눈사람처럼 녹으셨으나 막내딸의 눈시울은 아까보다 더 그렁그렁 금세 떨어질 듯하다. 모두가 안타깝다.

보름 뒤, M의 환자가 세상을 뜨면서 그미 역시 병실을 떠났으므로 짧은 인연이 영원히 끝이 났다. 늙은 환자와의 석별 과정에서 M의 눈빛에 맺힌 이슬도 아슴아슴해서 '측은지심과 노여움'의 경계가 흐려진다, 며 수도에 빠지는 중이었다.

닫혀 있던 병실의 커튼이 일제히 열리기 시작했고 그때부터 어머니의 표정이 밝아지면서 요구르트 빨대에 다시 입술을 대셨노라는 전언이다. 김자반 섞어 밥도 한 그릇 뚝딱 비우셨다. 아, 이제 그 상황도 어쩌면 어머니가 '을'의 자리에 서게 된 마지막 스크린이었을 수도 있다.

어머니는 몸싸움 선수는 아니지만 소위 '성깔 있는 나무' 체질이었으며 머리가 좋고 판단력도 빠르셨다. 추석 직전 서산 재래시장에서 생선 골목을 구경할 때였다. 그 대목에 하필 평소에 전혀 하지 않던 목걸이를 차고 나간 게 화근이었다. 체인 네클라스chain necklace로 금 몇 돈짜리 목걸이 물건이었는데 칠순 기념으로 자식들이 돈을 모아 사준 거라 특히 애지중지하는 물건이었다. 조기 두릅의 가격표를 보며 살까 말까 저울질 중인데.

작달막한 사내 하나가 앞을 막더니 어머니의 신발을 질끈 밟는 것이다.

"아야, 왜 이래요?"

고개 숙이는 순간 뒤쪽에서 누군가가 느닷없이 목걸이를 채 가는 데 1초도 걸리지 않았다.

"뭐하는 놈이냐?"

소매를 당기며 쫓아가려는 순간 웬 점박이 사내가 다른 쪽 소매를 당기며.

"할머니, 큰일 나요."

"당신은 또 누구요?"

"쫓아가면 재네들이 면도칼로 얼굴을 긁어요. 평생 칼자국으로 살아갈 거요?"

그 순간 어머니가 점박이의 벨트를 잡고.

"소매치기욧!. 시민 여러분들, 여기 소매치기 잡아주세요."

그 순간 행인들이 우르르 달려들어 소매치기를 제압했으니 놀라운 판단력이다. 경찰서에 잡혀간 후의 얘기지만 점박이까지 그 세 명이 모두 한 패였단다. 주로 연약한 아줌마들만 골라 '발 밟는 놈', '채 가는 놈', '좇지 말라고 만류하는 놈'까지 역할 분담을 하는 것이다. 소위 소매치기 삼종 세트이다.

"나야 그때 나이 70이 훌쩍 넘었는데 뭐가 아쉬워. 재물보다 우리 애들 사준 성의가 날아가는 게 안타까웠던 거지."

"그래도 앞으로는 그냥 빼앗기고 말아야지. 위험한 짓이야."

아버지도 관대하게 한 말씀 거들었다.

그런데 지금 터미널 근방이나 대목 시장 골목에서 빙빙 돌던 그 많던 소매치기들은 어디로 사라졌을까? 그 후 또 20년이 지나고 이제는 대한민국의 치안이 세계적인 모범이란다. 도서관이나 카페에 노트북을 놓고 나갔다 와도 고스란히 그 자리이다.

일주일 후 내 딸 주현이가 또 면회를 왔다.

늙어서도 얼굴만큼은 미인 할머니셨는데 그 빛깔조차 피도 눈물도 없이 지워지던 즈음이다. 손녀딸이 휠체어를 당기며 얼굴을 바싹대고.

"주현이에요."

그 소리에 희미하게 눈을 뜨시더니.

"아아!"

어머니는 시나브로 감탄사 정도만 표현할 정도로 언어 세포가 사그라들었다.

"아까 밖에 나가자고 할 때는 싫다고 하더니 손녀딸이 왔다고 하니까 따라 나오시네요."

손녀를 보고 연신 입술만 들썩거릴 뿐인데 딱 한 단어, '아아'라는 감탄사만 수십 번 반복하시며 잡은 손을 놓지 않는다.

'내일부터 죽을 드실 수 있으니 맛있게 드셔야 해요.'

이제 견디며 살아가는 일상에 익숙해져야 한다. 사람은 태산에 부딪쳐 넘어지는 게 아니라 흙더미에 걸려 넘어진다는 한비자韓非子 말씀을 다시 떠올린다. 흩날리는 검불 하나 소홀히 할 수가 없다.

태극기 집힐 다녀왔다구횻?

쓰러진 이후 어머니는 병원 바깥에 일체 나오지 못하셨으며, 아마도 영원히 못 나오실 확률이 훨씬 높다. 그리고 나날이 아기를 닮아 가신다. 햇볕을 쬐고 싶어 하시며 먹을 것도 밝히신다. 가족들보다 간병인의 촉수에 더 민감한 것도 뜨악한 변화이다. 어제는 반 뼘 높이의 케이크를 다 잡수시고 러스크빵을 얇게 잘라 버터나 설탕을 발라 구운 것에 느릿느릿 손을 뻗으셨으니 90평생 모친의 삶에서 단 한 번도 나오지 않았던 식탐 포즈이다.

그래도 최근 어머니의 휠체어 일상에 변화가 생기기도 했으니 조금은 다행이다. 그동안 입안에 넣어드리는 것만 겨우 소화를 시키시더니 시나브로 손으로 집어 드시는 것이다. 거북이 팔처럼 느릿느릿해서 언뜻 움직임을 놓칠 수도 있지만 그 정도 변화에도 가슴이 설레는 것이다.

요즘은 TV를 틀기만 하면 연신 집회 이야기이다.

광화문과 서초동에서 번갈아 가며 집회가 터지던 시국의 막바지 즈음이다. 새로 임명된 '조국 법무부 장관'에 대한 '수호'와 '구속'으로 나뉘어 촛불 집회와 태극기 집회가 연달아 이어졌다. 가장 크게 갈리는 의견이 따님 표창장의 진위 여부란다. 장관 부인이 재직 중인 대학의 총장이.

'교육학 박사 직인 없는 건 진짜가 아니다'

그런 폭로에서부터 나왔는데 그의 학위는 교육학 박사가 아니라 '명예 교육학 박사'였다. 그리고 총장 직인은 그가 직접 찍기도 하지만 업무 담당자가 대신 찍는 경우가 대부분이다. 나는 수십 년 교사 출신으로 입시 제도의 맹점을 정확히 진단하고 있으므로 정말 대수롭지 않을 줄만 알았다.

성적 위주로 뽑는 대학 입시의 '줄 세우기'를 대체하는 새로운 방식에도 여전히 구멍 투성이다. 아니 구멍이 날 수밖에 없는 구조 속에서 교사들은 부단한 입시 업무에 매진할 수밖에 없다. '생기부' 문장은 해당 학생의 단점을 배제하고 장점만 기록하는 게 당연하다. 그러니 '생기부' 문장마다 해당 수험생은 대개 능력이 뛰어나며 '시련을 극복하고 목표를 성취'한 의지의 꿈나무로 기록되는 것이다. 그리고 가능한 한 첨부물을 많이 부착시킨다. 그래서일까, 장관 청문회에서 봉사활동이나 표창장 운운 얘기가 나올 때까지 나는 진짜 어리둥절했다. '이건 흔한 일인데' 하며. 그 빠드름한 이야기는 여기까지만 하겠다.

아무튼 정부에서는 코로나 사태를 저어하며 집회 금지를 선포했으며 촛불 집회가 먼저 중단을 선언한 상태이다. 그러나 태극기 집회를 주도하는 그 목사는.

"하느님, 까불면 나한테 죽어."

"지금부터 기쁜 시간입니다. 헌금의 시간."

그런 엉뚱한 발언을 쏟아도 헌금과 '아멘'으로 응답하는 요지경 풍경도 갸우뚱하다. 그의 여성 비하 발언은 인터넷에서 무수히 떠돌고 있지만 차마 활자로 적기가 민망해 포기한다. 그러거나 말거나 태극기 집회는 그치지 않았고 여전히 동조하는 무리를 가끔 아스팔트에 모이는 중이며 정치인들까지 무대에서 들러리섰다. 그 어리둥절 여파가 병실까지 퍼질 줄은 까맣게 몰랐다.

'라떼는 말이야.'

혹자는 꼰대라는 용어로 몰아치지만, '70~80' 우리들의 역사의식은 목숨을 건 항쟁이었다. 전태일이 그랬고 박종철과 이한열 열사가 그렇게 목숨을 바치던 시국에 살아남는 젊은 몸들은 모두 부끄러웠다. 나의 20대는 '유신 말기'와 '신군부 초기'였으니 광주 항쟁 전후이다. 그랬다. 우리들은 모두 애국자였다. 모든 집회는 몸을 던지려는 신념이 없으면 불가능했다. 몸에 끈을 매고 대학 건물 베란다에 올라가 유인물을 뿌리다가 그 자리에서 체포되어 발길질 세례를 받으며 끌려가기도 했고 개새끼처럼 두들겨 맞았다. 그렇게 '훈장 같은 상처'를 경험한 내 벗들이 헤아릴 수 없이 많다.

유신 말기 어느 시점이었나.

공주 사대 시낭송회 행사에 앞서 무대 중앙에 설치된 태극기와 대통령 사진 앞에서 경례를 한 다음 시를 낭송하는 형식이었다. 긴급조치 시대였는데, 황석영 작가와 고은 시인, 조동길 교수도 배석했을 때이다. 대학 4년생인 최교진 학생이 무대를 가리키며.

"나는 국기를 향해 경의를 표하는 것이지 저 독재자를 향한 인사는 아니다."

그 한 마디에 끌려갔고 학교에서 퇴학을 받았다. 그 후 그는 교사로 재직 중 세 번을 해직을 당했고 네 번을 철창에 갇혔다. 지금은 세종시 교육감이다. 그해 교육감 선거는 전교조의 승리였으며 충남 교육감 김지철 선배 역시 전교조 동지이다.

80년 오월 광주 항쟁 직후, 신군부 세력에서 기획한 '김대중 내란 음모사건'으로 매스컴이 도배되었던 즈음이다. 충남의 어느 소도시에서 시를 쓰는 김흥수 교사도 학교에서 쫓겨났다. 수업 시간에 어느 학생이.

'김대중이 간첩인가요?'

그 시국 뉴스를 보고 질문하자

'김대중 선생은 절대로 간첩이 아니다.'

그 발언으로 해직 교사가 되고 감옥에 끌려간 것이다. 그는 「아키노」라는 시에서 '감옥에서 기도를 하는 순간이 가장 행복했다'고 고백했다. 그리고 화장지에 볼펜심을 꾹꾹 눌러쓴 『유다에게 손뼉을』이라는 산문집을 발간했다.

바우솔 김진호 화백은 84년 어느 날 수업 중 교실에서 돌연 끌려갔다. 군복무 중인 제자와 연루된 도표의 과정은 뭐 하나 정확히 기억나는 게 없다. 마찬가지로 끌려가자마자 모진 고문을 받고 해직 교사가 되었다. 그 역시 운동으로 단련된 근육질 몸이었으나 결박당한 채 쏟아지는 맨살 고문을 견딜 수 없었노라고 토로했다.

그리고 사십 년이 지난 지금 가끔 그를 고발한 제자가 보고 싶다며.

"막걸리 한 잔 따라 주며 보듬어 주고 싶은데."

철둑길 옆에서 막걸리 마시며 들려주던 고백이다. 그는 붓글씨 필체가 살아 있었고 지금은 몸으로 뛰며 붓 사위를 만드는 먹쟁이이다.

또 있다. 89년 그해 5월,

충북 제천의 새내기 교사 강성호 선생님이 '북침설을 주장했다'는 생뚱한 사건에 엮여 보수 언론에서 난리를 치고 마침내 징역형을 선고받고 학교를 쫓겨나는 사건이다. 먼저 '북침설을 배웠다'고 주장하는 제자 여섯 명을 내세워 선수를 쳤다. 곧바로.

'우리 선생님은 북침설을 가르친 적이 절대로 없습니다.'

그렇게 탄원서를 제출한 그 학교 300명 학생의 의견을 지워 버린 것이다. 북침설을 배웠다고 주장하는 날짜에 6명의 제자 중 2명이 결석으로 처리된 출석부 자료를 제출했지만 전혀 영향력이 없었다. 그 여파로 89년 전교조 출범식에 빨간색을 칠하면서 대대적인 징계작업이 착수된 것이다.

(강성호 교사는 2021년 9월 2일, 국보심 재심에서 32년 만에 무죄선고를 받았다. 정의가 이기는 경우는 오랜 세월이 흐른 역사적 심판인 경우가 많다. 감사하다.)

그 80년대 집회의 기억이 수십 년 지난 지금까지도 어제처럼 생생하다. 86년 건국대에서 전국의 대학생들이 모였던 '애학투 사태' 때는 건물 바깥은 물론 실내에서까지 최루탄을 터뜨렸다. 급기야 옥상으로 피한 대학생을 향해 헬리콥터를 띄워 최루탄을 우박처럼 터뜨렸다. 대학생들 모두 하늘과 지상에서 토끼몰이 당하듯 그물에 걸려 오랏줄에 끌려간 것이다. 이튿날 조간신문 칼럼에서 카이저수염의 대학교수 하나가.

‘얘야, 그러면 평양으로 보내 줄게.’

그 비아냥거림이 통하던 어둠의 시국이다. 그 후 40여 년이 훨씬 지난 지금 거리의 집회는 마음만 먹으면 언제든지 가능하다. 예전 경찰들은 다짜고짜 몽둥이를 휘둘렀지만 지금 경찰들은 교통 혼잡만 피할 수 있게 친절히 안내해 준다. 그래서 집회의 비장감이 사라졌다. 그 대신 코로나가 집회를 막는다. 지금 병실에서의 대화도 그렇다.

맞은편 침대에서 늙은 아내를 간병하던 매부리코 노인이 돌연.

“나 아까 태극기 집회를 갔다 왔어용.”

아무도 대꾸가 없는데.

“광화문 전체가 태극기와 성조기 깃발로 활활 넘쳤다니깐요. 전국에서 애국 노인들이 죄다 모여 표창장 장관은 물러가라, 으쌰으쌰 소리 지르고요.”

그때 출입구 침대의 분홍빛 블라우스의 간병인이 갸우뚱하게.

“어르신, 방금 태극기 집회를 다녀오셨다고 말씀하셨나요?”

“암요.”

"광화문 다녀오신 거예요?"

"당연히. 인파가 구름처럼 빽빽하게 모여 장관입디다."

"아니, 요양 병원 보호자로 계신 분이 코로나 병균이 오글오글 득실대는 집회를 다녀왔단 말이에요?"

그 순간 병실 전체가 싸늘해졌고 매부리코 노인도 아차, 하는 표정을 지었다.

"… 에이 그런 거 없어요."

"그게 말이 되요? 코로나가 있는지 없는지 눈에 보이나요?"

"마스크도 썼는데."

"당장 간호사한테 신고하시고 검사 받으세요. 여차하면 병원 전체가 문을 닫고 여기 환자, 보호자, 의사, 간호사, 간병인, 직원들까지 죄다 발목이 묶인다구요. 여기 환자들은 또 어디로 가야 하나요? 우리가 무슨 죄가 있다고 또 여기를 쫓겨나욧?"

"… 코로나 안 걸려요. 저는 몸이 튼튼해요."

"그러니까 확실하게 검사받으라고요. 보세욧! 지금도 턱스크 하신 채 말씀 중이잖아요. 아니, 그렇게 올려 봤자 코스크라구요. 코에 걸면 코스크, 턱에 걸면 턱스크욧. 더 올리지 않으면 거기서 아주 작은 코로나 입자나 비말이 퍼져 나와 허공을 타고 전파되어 병원에 퍼질 수 있어요. 만약 코로나 균이 옮으면 병원에서 손해배상을 청구한다니깐? 몇 천, 몇 억

가지고는 감당 못 해요."

그러자 창문쪽 간병인이 커튼을 내리며.

"어르신, 지금 당장 가셔서 검사부터 받아요. 아니, 이미 옮았으면 어떻게 해. 아휴. 무서워. 병원에서 간병을 한다는 양반이 코로나 집회에 참석했다니 정신이 있는 거요?"

"아니. 코로나 집회가 아니라 태극기 집회예요. 자유 민주주의의 질서를 지키는 … 아, 저는 그냥 멀찌감치서 구경만 했구요."

"어디서 구경했단 말이오?"

"집회장에서 떨어진 마트요."

"마트? 거긴 왜요?"

매부리 노인은 잠시 우물쭈물하더니.

"… 딱 소주 반 병만 마셨…."

"큰일 났네. 태극기 집회 영감님들이 마트에 와서 소주도 마시고 안주도 먹고 콧김도 내뿜었을 텐데, 특히 밀폐된 공간이면 비말의 전염 경로가 즉빵인데… 당장 의사한테 가서 검사 받아요."

그때 간호사가 링겔 병을 들고 나타나자마자 모두 입을 닫았다. 설전을 벌이던 병실은 고요, 고요에 빠진 채 무거운 침묵에 빠지며 공범이 되었다. 그리고 간호사가 나가자마자 다시 2라운드에 돌입했다.

"아니면 우리 병실 전체라도 검사를 받을까요? 나오세요.

얼른."

"아니, 나는 그냥 아주 멀찌감치서 구경만 했다니까. 멀쩡해요. 켈룩."

"기침하지 마세요. 체액이 튀어나오면 비말 감염이 된다구요. 최소한 2미터는 떨어지되 마스크를 꼭 해야 합니다. 아이고, 나는 벌써 후각이 둔해지는 느낌이네. 어르신, 메스껍거나 구토 같은 게 일어나진 않나요?"

그렇게 한동안 코로나 강의를 경청하게 되었다.

"세 가지 경로가 있는데요, 첫째, 바이러스 비말이나 작은 입자를 내뿜는 감염자 가까이에서 공기를 들이마실 때, 둘째, 비말이나 입자가 다른 사람의 눈, 코, 입에 묻을 때, 특히 어어, 어르신, 안 돼요. 지금처럼 재채기 방울이 상대에게 튀면 즉빵이라구요. 오지 마세요. 그리고 셋째, 바이러스 묻은 손으로 눈, 코, 입을 만질 때라구요. 어쩔 거예요? 네."

밤을 줍기 위해 공주시 정안면 텃밭 오솔길을 더듬었으나 예년의 '4분의 1' 수준도 건지지 못했던 안타까운 초가을이다. 계절이 빨랐거나 거름 부족일 것이다. 아니면 태풍에 밀려 백두대간 너머 날아간 것일까? 그래도 한 바가지를 채워 한가위를 지내 볼 참으로 수풀을 꾸역꾸역 뒤지는 중이다. 구렁이 한 마리와 지렁이 몇 마리가 틈입자의 발자국 소리에 자지러지듯 도망친다. 밤송이 위로 맨살 비비는 알몸의 생명체 풍경이 눈부시고 눈물겹다. 여기서 술을 줄이지 않으면 벼랑 끝이다, 며 또 술청을 기웃거린다. 올해까지만 마시고 딱 끊어야지, 하며.

농부이세요?

11월이 지나면서 어머니의 기력이 눈에 띄게 쇠해지셨다. 더듬거리던 두어 개의 단어조차 시나브로 사라지더니, 한번 사라진 단어는 영원히 돌아오지 않았다. 이제 남은 단어는 없고 '아야야' 같은 감탄사만 수십 번씩 반복하신단다. 또 하나 가끔 노래 가사를 흥얼거리시는 게 신기하다. '아리랑' 노래 가사의 후렴구를 어느 정도 맞추시지만 의미는 모르시는 게 확실하다. 노래 재활 치료의 이상한 효과인가, 갸우뚱하기도 했다. 그렇게 의미도 모른 채 '아라리요'만 연신 되풀이하시는 언어 치료가 과연 어떤 의미가 있을까, 갸우뚱하며.

"오늘도 어머니 인생에서 가장 젊은 순간이에요."

미소 짓는 어머니의 표정이 백합처럼 화사해 보이기도 한다. 이제 견디는 일상에 익숙해야 한다. 그리고 언제부터인가, 어쩌면 병상 생활이 아주 오래갈 수 있겠다는 예감이 드는 것이다.

어느새 입원 여덟 달,

어머니의 병문안이 형제와 가족들의 일과표로 고정되었으나.

'코로나 때문에 면회는 일체 금지입니다.'

그 경고문의 두꺼운 벽을 정면 돌파한다는 건 무조건 불가능하며 옳지도 않다. 일단 간병인과 명찰을 바꾼 다음 현관에서 온도 체크를 하고 소독약을 바르며 통과하는 편법이 그나마 가능할 수도 있다. 간병인은 다시 안면이 트인 현관 경호원에게 눈인사를 끄덕 숙인 후 합체하는 시스템으로 면회를 시도했다. 그렇게 간신히 병실까지 입入해도 여전히 좌불안석이 된다.

다른 환자들이 싫어하는 것이다. 하여, 숨죽이는 상봉 이후 10분 정도 지나면 무조건 나와야 한다. 그 10분 안팎의 상봉은 공주에서 왕복 7~8시간 이상 걸려 투자한 발품에 비해 너무 허약한 결과물이지만 어쩔 수 없다. 그리고 또 하나, 어머니께서는 의사 표시를 한 마디도 못 하시다가도 작별의 시간만 되면 눈물을 흘리셔서 가슴을 시리게 하셨다.

조선족 출신의 간병인김미진, 63세은 키가 작고 어깨도 좁지만 눈빛만큼은 다부져서 얼핏 보아도 만만치 않아 보인다. 중국과 러시아 국경 근방 흑룡강 어디쯤에서 보따리 옷 장사로 생계를 유지한 이력이다. 보디 랭귀지를 합친 소통이지만 중국어와 러시아어 그리고 한국어까지 3개 국어를 구사한다며 자랑도 한다. 그가 살던 이방의 한인촌은 가난했고 여자에 대한 차별이 심했으며 특히 북한에서 넘어온 사람들은 약점이 많아서 인신매매의 표적이 된단다.

"사연을 죄다 쏟아 내면 소설책 열 권 이상 나온다우. 나는요, 누가 뭐래도 서울 사는 지금이 제일 행복해요."

연신 자신의 말을 들어 주길 바라는 표정으로 말의 끈을 이어갈 참이다. 한국행을 결심하면서 그렇게 신산고초의 사연 끝에 탈북자 틈에 끼어 산 넘고 물 건너 하염없이 걷고 또 걸었단다. 고난은 각오했지만 함께 따라 나온 여덟 살 아들이 가장 문제였다. 산 넘고 물 건너는데 날씨까지 추워지니 '배고파' '추워' 하며 울먹이기 시작한다. 그때의 윽박지름이 오래도록 가슴에 맺힌 것이다. 발바닥이 부르텄다며 징징 우는 일곱 살 아들에게.

'자꾸 울면 어두운 산속에 너만 뚝 떼어 놓고 간다. 늑대가 잡아먹든 호랑이가 나타나 물어뜯든 엄마는 책임 못 지니까 살고 싶으면 알아서 움직여. 당장 일어섯. 아니면 나 혼자 간다.'

한국행에 성공을 하고서도 아직도 아들에게 모질게 겁을 준 기억이 송곳에 찔린 것처럼 아프단다. 그 아들이 지금은 대학도 졸업하고 타이어 공장에서 돈을 벌더니 아담한 체구의 한국 여자를 만나 19평 아파트에 둥지까지 틀었으니 더 이상 바랄 게 없다, 며 자랑한다. 그미는 신산의 보따리를 털어 놓는 와중에도 연신 어머니 입술에서 흐르는 침을 닦아 준다.

그러다가 나를 힐끗 바라보며.

"아드님, 직업은 뭐예요?"

정년 퇴임 교사라는 말이 선뜻 떨어지지 않아 어리버리했더니, 먼저.

"농사 지으세요?"

그런 말은 이미 수도 없이 들었으므로 아무렇지도 않다. 그게 내 생김새이며 눈에 보이는 실체임을 인정할 수밖에 없다. 그랬다. 수십 년 교직 생활의 이력에도 내가 선생님의 포즈로 비치는 경우가 드물었다. 아니, 거의 없었던 것도 같다. 혼술 단골이던 포장마차 아저씨는 도배공이냐고 물었고 제주도 식당 아줌마는.

'객지에서 밀감 따느라고 고생이 많다.'

착한 표정으로 도루묵 한 마리를 더 얹어 주었다. 출퇴근길에 날마다 만나는 시내버스 기사님도 내 직업을 묻더니.

'진짜 선생님이냐?'

되풀이하며 묻기에

'가짜 선생은 아니라오.'

재차 확인을 시켜 줘도 연신 갸우뚱대는 것이다.

89년 어느 날, '전교조 사수'를 외치던 한남대 집회장에서 연행되어 경찰서에 끌려갔는데 나를 취조하던 담당 형사 왈.

"술 마셨죠?"

"아니오."

"에이, 얼굴이 빨간데… 아이들을 가르치는 선생님이 왜 거짓말을 해?"

"저는 원래 조금만 흥분하면 얼굴이 빨개집니다. 마신 게 아니라구요. … 근데 형사님, 대한민국 국민이 낮술을 마시면 죄가 됩니까?"

"마시는 건 죄가 아니지만 마셨으면 마셨다고 솔직히 얘기하면 누가 뭐랍니까?"

"제 얘기는 마시지도 않았지만 만약 마셨다고 해도 죄가 아니란 말입니다."

"아니, 얼굴이 빨간 색이니까 마셨느냐고 물어보는 거요. 거울 좀 보시오. 그리고 길을 막고 물어보쇼. 그게 안 마신 얼굴인가?"

"원래 생긴 게 그렇다고요."

취조하는 테이블 사이에서 때 아닌 음주 논쟁이 벌어지기도 했다. 터프한 얼굴 탓이다.

중년의 어느 날이었던가? 장맛비 쏟아지는 출근길에 부랴부랴 택시를 잡고.

‘농고로 갑시다.’

행선지를 밝히자 백미러로 힐끔 쳐다보던 택시 기사가 갸우뚱하며 왈.

‘그 학교 교장 못됐네.’

‘왜요?’

‘비 오는 날은 하루라도 쉬어야지. 무슨 공사야.’

‘무슨 꿩 구워 먹는 소리지?’

의미를 전혀 파악하지 못한 채 뜨악하니 앉아 있는데 .

‘농고에서 축사 기둥 세우는 분 아니쇼?’

아, 내가 워낙 건강해 보이니까 육체 노동자로 착각했구나. 그래서 나는 힘이 강한 척 재빨리 알통을 내보이며 고개를 끄떡이기도 했었다. 드물기는 했지만 ‘교수님이냐’고 묻기도 했고 한번은 검문소 경찰 아저씨한데 ‘작가처럼 생겼다’는 소리도 들으면서 ‘새 신을 신고 뛰어 보자 펄쩍’처럼 몸이 가뿐한 적도 있긴 했다.

그러나 어머니는 늙어 갈수록 뽀얗게 피어올랐고 등도 굽지 않았고 여전히 고운 풍모 유지에 신경을 쓰시곤 하셨다. 연세가 깊어질수록 당신의 외모가 젊게 보인다는 얘기를 들을 때마다 은근히 그 상황을 즐기시는 게 가끔 민망스럽기도 했다. 두통약을 사러 터미널 약국에 들렀다가.

“몇 살처럼 보이우?”

묻지도 않았는데 선제적으로 질문을 던지기도 하셨다. 갸우뚱하던 약사께서.

“여든은 보이는데 아직 곱네요.”

“여보쇼. 9학년 3반이여. 아흔 셋2020년.”

그리고 알았다. 9학년 할머니들도 젊고 예뻐 보이고 싶어 하신다는 것을.

오늘도 강주현이 재활 병원 옥상의 산책로에서 휠체어를 미는 중이니 착한 손녀딸이다. 조롱박이 주렁주렁 매달린 수세미 터널을 지날 때마다 어머니의 눈빛이 잠시나마 초롱초롱 빛나는 것 같다. 황순원의 「소나기」에 나오던 그 문장처럼 ‘맑고 청량한 초가을 햇살’의 배경도 저만치 지나갔다.

‘풋풋한 망아지 소녀와 시한부 워낭소리.’

생머리 출렁거리는 손녀딸이 나팔꽃 씨앗과 단풍나무 이파리를 손바닥에 올려 주자 어머니께서 잠깐 풀꽃 냄새에 취하시는 표정이다. 어디선가 많이 익었던 스크린 같다. 헤어져야 할 시간이 다가오자 아, 다시 눈망울에 이슬이 맺히신다. 세상과의 별리別離 도정은 그래서 뭐 하나 놓칠 게 없다. 아래는 어젯밤 페이스북에 올린 글이다.

손녀딸과 할머니가 종소리에 합체되어 휠체어 두어 바퀴 더 돌았습니다. 씨앗과 나뭇잎을 손바닥에 올려놓자 오래도록 가을 향기에 취하기도 하셨습니다. 가을이 서걱이고 있습니다. 숨어 있던 단풍잎과 노랗고 파란 씨앗들이 여기저기 옆구리 터치는 중입니다.

미루나무 그늘을 지나 수세미와 조롱박이 주렁주렁한 옥상 터널을 지나가면서 부녀지간에 철부지 감탄사를 연발합니다. 어머니만 표정이 없습니다.

금세 어두워졌습니다. 지상과 천상의 경계가 백지 한 장 차이입니다.

만지지 말라구요

꽃보다 아름다운 단풍의 계절.

그 가을 풍경이 코로나 기승을 헤치고 노랗고 빨간색의 합체로 조화를 이루는 중이다. 아스팔트 양쪽으로 열병하듯 늘어선 가로수 행렬에서 낙엽이 떨어지기 시작하면 더욱 아슴아슴해진다. 초로의 아들이 기껏 주 1회 정도 노모의 병원 방문을 저어하고 있다는 건 참으로 안타까운 일이다. 입구에서 불심검문 당하듯 쫓겨난 후유증도 이후 갈수록 새가슴이 되었다. 그러나 이판사판 들어가서 어머니 손이라도 한 번 더 잡아야 한다. 골목길 어디쯤 후미진 구석에서 담배 연기 마감하고 대학 병원 정문을 장애물 경기하듯 돌파한다. 어린 날에는 소나무에 올라 새집도 꺼냈는데 거문여 바다의 '발목 사태' 이후 소소한 장애물에도 소심해졌다.

적돌만의 검은여는 사방 30미터의 공간에 높이는 어른 키보다 두세 배 정도이다. 그런데 도비산 상봉에서 내려다보면 밀물 때에 바닷물이 꽉 차게 출렁거려도 검은여가 빤히 보이는 것이다. 수심 10미터 밀물이면 당연히 바위가 안 보여야 하는데 이상한 일이다. 사람들은 바위가 떠 있어서 그렇다며 '떠있는 돌' 즉 '뜬 돌'이라 불렀는데 부석면의 명칭이 '뜰부浮'에 '돌석石'이니 그게 이름자의 유래이다.

경상북도 영주의 무량수전이 있는 부석사와 이름이 우리 동네 도비산의 부석사와 한자어까지 똑같다. 영주의 '뜬돌'은 새끼줄로 바위 아래를 그대로 통과할 수 있다고, 담임 선생님한테 얘기만 들었는데 사실성의 진위는 모른다. 지금 그 적돌만 거문여는 간척지가 되어 바둑판 전답의 틈새에 있다.

'떠돌이'도 '뜬돌'에서 유래되었으리라. 성자들은 혹은 가슴에 산맥을 품은 사람들은 그렇듯 떠돌면서 성찰하고 어두운 세상을 구하고자 몸부림쳤으리라. 예수도 떠돌이, 석가도 떠돌이, 김수영과 나혜석도 떠돌이이다. 유목의 '습'을 해탈해야 정착의 안식도 나오는 것일까?

이중 나혜석은 경우가 다르다. 여자라는 신분으로 일제 강점기 내내 떠돌다가 스러져야 했다. 또 있다. 그 식민의 복판에서 어느 날 서울 용산역 매표구에 나타나.

"파리."

그렇게 경원선과 블라디보스토크 지나 시베리안 횡단 열

차로 유럽을 떠돌며 만남과 헤어짐을 반복했으니 그게 떠돌이의 숙명이요, 아픈 정체성이다. 나도 그런 상상만으로도 가슴이 벅찼었다. 만약 통일 열차를 타는 시대가 열린다면 전주역이나 용산역 어디쯤에서 가차없이 파리행 표를 끊고 경원선을 타고 블라디보스토크 지나 시베리아 횡단 열차를 타고 눈 내리는 철로를 망망 달리고 싶은 것이다. 그건 그렇고.

성호와 함께 그 거문여 개펄에서 박하지 잡다가 장대 같은 소나기를 맞은 날이다. 이상하다. 분명히 햇살 쨍쨍한 한여름 날씨였는데 순식간에 하늘이 우중충하게 덮이는 것이다. 돌멩이 뒤집다가 박하지 한 마리를 발견한 순간 미지근한 빗방울 하나가 이마에 툭 떨어지는 것을 느끼긴 했다.

'어럽쇼, 혹시 비가.'

고개를 드는 순간 후두두 소리가 나는가 싶더니 대번에 장대비가 창살처럼 가로막는다. 당연히 피할 데가 없다. 괜찮다. 괜찮다. 피할 수 없으면 즐기는 것이다. 고스란히 뒤집어쓴 채 개펄을 헤매다가 그 상태로 계속 박하지도 잡고 설게 구멍도 쑤셨다. 쏟아지는 빗속에서 '야호' 소리도 지르며 구멍을 쑤시고 돌멩이를 들춰내면서 박하지와 능젱이를 수색했다. 여름철이라 춥지는 않았고 오히려 시원한 느낌까지 들어서 견딜 만했다. 그런데 또 다시 이상한 날씨이다. 바다를 뒤집어 삼킬 듯 쏟아지던 우동 가락 빗줄기가 순식간에 멈추었다. 하늘이 걷히는가 싶더니 도깨비 시집가듯 햇볕이 쨍쨍 쬐는 것이다.

그리고 검은여 위로 무지개도 떴다. 두 소년은 따뜻하게 데워진 바위에 앉아 함께 젖은 옷을 말리는 중이다. 따스해진 엉덩이를 타고 김이 모락모락 오르는데 문득 성호가 앞을 막은 세 길 높이의 바위를 가리키며.

"저기 장애물 바위에서 점프할 수 있니?"

입술이 들먹거리는 게 조금 비웃는 표정이다. 나는 본디 겁쟁이 체질이었으나 그날따라 무슨 바람이 불었는지.

"당근이지. 멋진 폼 좀 보숑."

황금박쥐 포즈로 바위 위로 휘리릭 뛰어올라 용감무쌍 우뚝 선 것이다. 아래를 보는 순간 막상 사타구니가 서늘하게 후둘거리긴 했지만.

"짜식 안 되겠징? 장애물만 보면 겁쟁이가 되남?"

그 말을 듣자마자 사나이 자존심으로.

"노우."

손오공처럼 두 팔을 좌악 펼치고 훌러덩 뛰어내렸던 그때까지만 멋있었다. 그랬다. 그때까지는 사람이 구름도 타고 무지개에서 미끄럼도 탈 수 있다는 상상으로 즐거웠고 때때로 상상이 현실이 되는 혼동에 빠지기도 했다. 팔을 벌리면 낙하산처럼 하강 속도가 느려지면서 부드럽게 내려올 줄 알았던 게 엄청난 착각이었다.

“악!”

모래바닥에 착지하는 순간 발목을 접질리며 데굴데굴 뒹군 것이다. 그뿐이었다. 성호는 키득키득 웃을 뿐 일으켜 세울 기미가 전혀 보이지 않는다. 나 혼자 스스로 어기적어기적 다시 일어나 집에까지 절룩절룩 걸어 나오긴 했다. 운동회 일주일 전이다.

어머니에게 들키지 않는 방법은 가급적 발걸음을 떼지 않는 것이다. 사랑방에서 부은 발등 식히며 하룻밤을 보낸 다음 이튿날 아침 학교까지 간신히 움직였다. 사람들이 지나갈 때는 땅바닥을 보는 척 엉거주춤 서 있다가 신작로에서는 인적이 드문 골목길만 골라서 절름절름 걷는 스릴도 있었다.

날짜가 지나면서 발목의 부기가 조금씩 가라앉더니 마침내 운동회가 다가올 즈음에 다행히 걸음만큼은 정상이 되었다. 달리기는 불가능했지만 얼핏 절룩이는 표시가 나지 않으니 어느 정도 마음이 놓이는 것이다. 면민 전체가 피붙이 식솔들의 운동회를 축제처럼 구경하던 시절이다. 운동회 아침부터 여기저기 포장을 치고 가마솥을 걸고 그늘 밑으로 밀짚방석도 깔려 있으리라. 감도 팔고 사과도 팔고 술장사들도 운동장 천막에 말뚝을 박으며 대목을 맞는 날이다. 하필 그날 아침에 어머니가.

"오늘 생강 파는 날이라 운동회에 못 가니 점심은 느이 아버지 찾아가서 얻어먹어."

아버지가 그 학교 선생님이었으므로 가능하긴 했다. 솔직히 어머니에게 절룩거리며 뛰는 모습을 들키지 않은 걸 오히려 다행으로 여기기도 했다. 그러나 숫기가 약한 나는 운동회 행사로 바쁜 아버지한테 가서 차마 점심을 달라고 말할 자신이 없었다. 아버지도 까맣게 잊은 것 같아서 나 혼자 펌프 물만 몇 번씩 마시면서 공복을 채웠다. 어차피 굶고 버티다 보면 시간이 지나가게 되어 있다. 문제는 오후부터 시작되는 4학년 달리기 시간이다.

달리기는 키 순서로 일곱 명씩 뛰어서 상품으로 3등까지만 공책을 주었다. 1등은 공책 세 권, 2등은 두 권, 3등은 한 권이었다. 나는 평소 3~4등을 오갔으니 그 순위가 상품을 타느냐 마느냐의 경계선 자리이다. 그랬다. 3등 안에 들어오면 체면을 세웠다며 하늘을 날아갈 듯 기뻤고 4등을 하게 되면 빈털터리 주머니만 훌훌 털며 돌아오던 그런 공복의 운동회 기억이 있었다.

'하느님, 내 가까이.'

태어나서 단 한 번도 찾지 않던 하느님을 생전 처음 부른 것도 신기하고 민망하다. 어쨌든 시간은 인정사정없이 흘러만 갔으니,

드디어 넷째 줄 달리기 출발 시간.

탕.

화약 냄새와 함께 처음 발걸음은 일순 가벼운 것 같기도 했다. 그러나 반 바퀴 조금 지나기 전에 동무들은 이미 골인이 시작되고 있었고 나 혼자만 거북이처럼 엉금엉금 뒤를 따라가는 것이다. 깔깔대는 웃음소리가 소금 부대 쏟아지듯 뒤통수에 부스스 바스라졌다. 당연히 꼴찌였고 그렇게 절망의 달음박질을 겨우 끝냈는데, 셋째 줄 6등자리에 앉아 있던 성호가.

"몇 등이냐?"

뻔히 알면서 일부러 묻는 것이다. 문득 아랫배가 싸- 하게 쏠리면서 창자가 부글부글 끓더니 뭔가 물줄기 같은 게 아래쪽으로 주르르 내려오는 것 같다. 설사라도 터질 거라는 직감이다. 나는 억지웃음을 짓기 위해 입술 양쪽 끝을 최대한 올리며.

"7등."

성호는 그럴수록 더욱 과장되게 키득대며.

"짜사, 꼴찌라고 해야지. 말을 바꾼다고 등수가 달라지냐? 음하하."

하필 그때 설사가 찔끔 터지며 팬티를 적셨다. 나는 팬티에 주르르 쏟아지는 설사 줄기를 감추느라 숨도 쉴 수 없었다. '울면 안 돼'를 다짐하며 다시 웃음을 짓기 위해 입술에 힘을 주었다.

그렇게 저무는 벌판으로 절룩거리며 '우울면 아안 돼. 산타 할아버지는 우는 어린이에게 서언물을 아한 준다아네'를 부르며 울멍울멍 간신히 참았던 것 같다. 고추 멍석을 걷으시던 어머니가 아들의 음울한 표정을 보더니.

"어디 아프냐? 왜?"

그 말을 듣자마자 참고 또 참으려던.

"으아아아."

그때까지 견뎌 냈던 울음보를 봇물처럼 터뜨리는 것이다. 그제야 화들짝 놀란 어머니가 여기저기 주무르며 안쓰러워하며.

"여기가 아프냐?"

"만지지 마욧!."

생뚱맞게 반항하는 아들의 얼굴을 먹하니 바라보다가 다시 발목을 문지르는 것이다.

"만지지 말라구요. 제발. 만지면 아프다닌깐. 시흘시흘."

그러거나 말거나 어머니는 여기저기 옮겨 가며 주무르다가.

"발목이 부었니?"

비슷비슷한 내용으로 묻고 또 물었다.

"보면 몰라요. 부기가 있잖아요. 알면서 왜 물어? 일부러."

"왜?"

나는 마침내.

"검바위에서 뛰어내리다가 다친 거라구요."

"… 헉! 죽을라구 그런 짓을?"

"죽을라고, 라니? 엄마, 엄마는 무슨 말을 그렇게 험하게 해요. 내가 죽는 게 그렇게 좋아욧? 죽었으면 좋겠냐구요? 대답해보세요."

어머니는 당혹스러운 표정으로 한참을 멍하니 쪼그려 있다가 억지로나마 밝은 표정을 지으시며.

"괜찮다. 내일 갈마리 서의상한테 가서 대침 한 대 맞으면 깨끗이 해결된다."

그러면서 연신 복숭아뼈를 주무르시기에.

"대침은 싫어요. 옥도정기만 발라도 돼요."

"아프긴 해도 잠깐이야. 삔 데는 대침 한 방이 최고야."

"대침이 빗나가 발목이 빙꾸 나면 엄마가 책임질 건가요? 놔요. 놔."

"무슨 책임?"

"왜 아픈 데를 자꾸 만지는 거예요? 일부러. 나는 지금 단단히 화가 나 있다구요."

"여기냐?"

"아야야! 아까까지는 괜찮았는데 엄마 때문에 더 아파요. 나 죽어. 후엉후엉."

물론 아프기도 했다. 그러나 나는 아픈 것보다 훨씬 슬프고 길게 꺼이꺼이 울어서 깊은 밤까지 어머니를 괴롭혔다. 그미의 눈시울에 물이 고이는 걸 보고서야 나는 비로소 응어리진 속을 풀고 편안하게 자리에 누울 수 있었다.

이제 어머니의 입원 열한 달째이다. 매달 한 계단씩 과거로 회귀되던 정신 연령이 지금은 한두 살 갓난아기처럼 방싯거린다. 나이가 거꾸로 내려가면서 그 막바지 신생아로 변신하는 순간에 작별을 고할 것만 같다. 그리고 나는 지금 어머니의 발목을 살금살금 주무르면서 아픈 기억을 반성하는 중이다. 발등을 세게 눌렀는데도 어머니는 아무 감각이 없으시다.

오뉴월 땡볕과 청포도 익어 가던 내 고장 칠월도 그렇게 빛의 속도로 사라져 버렸다. 지금은 수세미도 떨어지고 고즈넉이 저무는 세모도 지났고 또 춘삼월이 되었다. 벌써 앰뷸런스 동행만 다섯 번째이다.

어느새 병상 1년이 다가오고,

어머니를 또 다시 전원시켜야 한다. 앰뷸런스 동행 탑승만 '서산→동탄→수원→분당→수유리'이니 이제 그 숫자를 헤아리기도 지친다. 그러거나 말거나 어머니의 이동을 위해 아주 잠깐 사복으로 갈아입히니 9학년 4반 풍모가 여전히 화사하다. 다만 표정이 없다는 게 예전과 다르다. 신호등 건너 재활 병원으로 휠체어를 울퉁불퉁 끄는데 아직도 표정이 없다. 재활 병원은 수술과 시술은 권하지 않지만 재활 운동을 권유한다. 젊은이들이야 운동을 한 후 뚝딱 회복해서 나가면 되지만 기실 어머니에게는 의미가 없다.

'햇볕 쬐니까 좋지요?'

그 순간 아, 하는 탄성으로 답하셔서 내 가슴이 출렁거린다. 군청 서기로 꿈을 키우던 열일곱 소녀의 그 목소리이다. 그뿐 더 이상의 탄성은 터지지 않았다.

4부

해루질

기저귀, 물휴지, 카스텔라, 연시감, 복숭아 통조림 등을 주렁주렁 매달고 병원 입구에서 한동안 쭈뼛쭈뼛 서 있어야 했다. 날마다 강화되는 경비의 수준에 맞춰 나 역시 눈썰미가 민첩해졌다. 어머니를 만나고 아주 빨리 철수해야 한다. 건물 뒤쪽 공터에서 간병인을 만나 1층 화장실 근처 의자에서 재빨리 조우하는 수밖에 없었다. 더러는 재활 훈련을 끝내고 입원실로 가는 계단에서 5분 타이밍으로 겨우 만나기도 했다. 어머니는 내 얼굴을 보고도 처음 한동안 아무 반응이 없으셨으니 몰라보는 것이다. 마스크를 벗고.

“아들 왔어요. 아들이라구요.”

몇 차례 소리치니 그제야 아, 하는 표정을 보이신다.

‘춘천 누나가 동생들에게 배추김치 한 통씩 꾹꾹 눌러 보내줬어요. 이번 겨울 김장은 끝이네요. 끝. 이상 무.’

‘면회가 아무리 어두워져도 아들은 코로나 철통 경비를 뚫

고 반드시 찾아옵니다. 목숨 걸고 온다구요.'

그런 허풍이 얼마나 위험한 맹세인가. 검사를 하고 온도 체크를 했더라도 코로나 방역 원칙에 어긋남은 부인할 수 없다.

작년까지는 명절을 치를 일이 막연한 압박감으로 다가오곤 했다. 하지만 올해는 내일이 추석인데도 찾아갈 부모가 없다. 병상의 어머니께 용돈 봉투를 드리는 것도 의미가 전혀 없다. 장인, 장모님 노부부에게만 인사를 드리는 내 마음은 일면 다행이면서도 허허롭다.

장인어른은 힘든 환경 속에서도 낙천성을 잃지 않으셨고 특히 장모님은 83평생 남들에게 모진 소리 한 번도 하지 않으신 천사 같은 성품이다. 젊은 날 버스에 물건을 싣고 5일장 장사를 나가시면서도 이웃들과 단 한 번도 다투지 않으셨다. 누군가 행패라도 부릴라치면 물러서지 않고 또박또박 이치를 설명했지만 공격성이 아예 없으시다. 그렇듯 내 몸을 돌보지 않고 희생과 결핍으로 견뎌 내셨다. 지금 당신들은 큰 처남과 둘째 처남 부부가 번갈아 가며 모시는 중이다.

때로는 장모님의 그 지나친 헌신이 불편했던 아내의 기억도 있다.

"친정어머니가 머리에 보따리를 이고 또 양쪽에 짐을 들고 집 앞 언덕길을 오르고 있었어요. 내가 하나라도 받으려고 손을 내밀면 한사코 안 된다며 뒷걸음질치는 거예요. 장성한 자식들을 앞에 두고도 물건 보따리 세 개 모두 혼자만 들겠다는 거지. 그 바람에 속이 상해 싸웠지요."

5일장 좌판에서도 무결석 행진이셨단다.

"눈보라 치면 손님도 없지만 장사꾼도 없거든. 그러니까 이따금 나타나는 손님은 100프로 내 가게로 오는 손님이 되니까 당연히 나가야지."

장인어른은 시장바닥에 깔아 놓은 이동식 좌판도 한사코 '내 가게'라고 부르셨다. 그러다가 한번은 점포의 아들뻘 젊은 주인한테 행패도 당했다. 아내의 이야기이다.

"정육점 앞에서 생선 좌판을 벌이며 살아가던 때이지요. 정육점 주인과는 그럭저럭 지냈어요. 파할 때 남은 생선도 두어 개씩 주면서 가끔은 막걸리도 따라 주며 관계를 간신히 유지했는데 그 가게가 아들 손에 넘어가면서 완전히 틀어졌지요. 평택에서 식당을 하다가 말아먹고 내려와서 즈이 아버지 가게를 접수하더니 자기한테 자릿세를 내라는 거예요. 요즘 돈으로 하루 오천 원쯤 되는데 가격을 올려 준다고 해도 무조건 좌판을 치우라는 거예요. 정육점이든 구멍가게든 그 앞에 좌판이 있으면 주인 입장에서는 무조건 싫은 게 사실이지요. 특히 냄새나는 생선이 더욱 꺼려지긴 하지요.'

친정어머니가.

'당신네는 고기 파는 정육점이고 우리는 젖은 생선이니 물품이 따로따로이다. 피해를 주는 게 아니다.'

그렇게 설명하는 것도 기실 무리한 거지요. 일단 정육점 손님이 오려면 좌판을 빙 돌아가야 되고 또 냄새까지 나거든요. 그렇게 티격태격하다가 나중에는 그 젊은 놈이 늙은 부모님 좌판을 뒤집고 내동댕이까지 쳤답니다. 평소 불같은 성격의 아버지가 그냥 참고 넘어갔다는 얘기를 떠올리면 지금도 가슴이 미어지지요. 당장 멱살이라도 잡아야겠지만 마주 싸우면 장사를 못하니 그나마 참아야 자식들을 키울 수 있는 거지요."

아내가 말을 잇지 못하는 건 그렁그렁 눈시울 때문이다. 그 순간 나는 또 다른 생각에 빠졌으니.

'그래도 나는 용돈이라도 드릴 수 있는 어머니가 계신 당신이 부럽다. 만약에, 이건 진짜 만약이지만 어머니가 다시 회복되실 수만 있다면 나는 당장 술을 끊겠다. 어머니 옆에 방석 깔아놓고 날마다 민화투도 치고 동치미 국물도 떠다 드리겠다.'

그 말은 꿀꺽 삼켰다. 아내도 내 어머니의 세월을 함께 견디는 동반자이다. 그리고 졸음이 쏟아지면서.

문득, 열한 살 때였던가, 어머니를 놀라게 했던 기억이 떠올라 가슴이 아픈 것이다. 정말 죄송하다. 언제부터였나, 머리가 어항처럼 흔들릴 때마다 일부러 유년의 추억을 떠올리며 마음을 달래는 '습'이 생겼다.

언덕 너머 바다가 있었으나 갯마을은 아니었고 오히려 농사짓는 사람들이 더 많던, 그래서 어촌의 대우를 받지 못했던 그 바다이다. 바다는 일이 끝난 저물녘이나 겨울 농한기에 잠깐씩 다녔으니 부업인 셈인데 그게 제법 짭짤한 수입이다. 고기도 잡고 재미도 있으니 '뽕도 따고 임도 보는' 셈이다. 그 바람에 동네 청년들 따라 밤바다에 따라갔다가 오밤중에 돌아온 후 어머니에게 한바탕 야단을 맞았다. 고개만 조아린 채 손바닥만 비비던 기억이다.

그 마을은 '진주 강姜씨'와 '버들 류柳씨' 두 개 족보의 집성촌이어서 나는 초등학교 입학 전까지 우리나라에서 강 씨와 류 씨 두 개의 성姓이 가장 많은 줄만 알았다. 학교에 입학하고서야 '김, 이, 박' 같은 순서대로 성씨들의 숫자가 늘어서 있다는 사실을 알았다. 그러고 보니 갈모리에는 '가'씨가 많았고 월가리에는 '맹'씨들의 집성촌이었지만 학교에 가면 '김' '이' '박' 순서였다.

"갯장어 잡으러 갈리?"

아홉 살 소년에게 슬쩍 던진 정달이 성님도 '버들 류 씨'였다. 그 한 마디에 낚시코에 걸리듯 낚인 것이다. 아니다. 기실 나도 밤바다를 꼭 한번은 구경하고 싶었다. 그러니까 형님들이 꼬신 게 아니라 넘어질 준비가 되어있던 나에게 슬쩍 다리만 걸어 보았을 뿐이다.

그렇게 양지편 일꾼 증섹이 성, 윤언이 엉아까지 '류 씨 삼총사' 따라 밤바다 해루질 출정을 시도한 것이다. 석유를 아끼느라 웬만해선 켜지 않지만 그물을 훑기 위해 한 번씩 횃불을 붙일 때마다 출렁이는 파도가 그리도 아름다운 것이다. 무르팍 아래 썰물 파도 속으로 도미새끼들이 파닥파닥 지느러미 친다. 게도 있고 망둥이도 있고 그리고 갯장어가 있다.

"아름답지?"

갯장어만 나타나면 '히얏호' 괴성으로 작살을 날리는 포즈가 스릴 만점이다. 바위 아래를 더듬으며 박하지와 고동도 열댓 개 건졌다. 나는 갑자기 형님들과 더욱 가까워졌다는 마음으로 정달이 형에게 겁도 없이.

"장가는 은제 갈라유?"

"국수 얻어먹구 싶응감? 빙칠이."

"문자 누나 좋아하능 거 아닌감?"

"죽을래?"

그 소리에 움찔 들어가는 시늉을 했지만 어차피 꿀밤조차 날아오지 않을 건 빠드름히 안다. 갯바람이 불 때마다 둥두렷이 떠올랐던 문자 누나의 보름달 얼굴도 재빨리 사라졌다. 기실 정달이 형님과 문자 누나는 한 동네에서만 살았을 뿐 제대로 말 한 마디 나누지 못했으니 그게 '갑돌이와 갑순이의 짝사랑' 스타일이다.

'둘이는 서로 서로 사랑을 했더래요
그러나 둘이는 마음뿐이래요
겉으로는 모르는 척했더래요'

아주 어렸을 때는 그냥 흥이 나서 불렀던 노래이다. 그러다가 내가 커갈수록 '처녀 총각 둘이서 마음만 품었다가 각자 짝을 찾아 둥지를 틀었다'는 그 가사가 슬프게 느껴지는 것이다. 그리고 가끔 내 멋대로 이쪽 형님과 저쪽 누나들을 꿰맞춰 족두리로 씌웠다가 풀어 놓곤 하는 것이다. 한머리 형님들과 쇳밭둑에서 밭 매는 누나들을 하나씩 짝을 맞춰 보면 대개 그럴싸하게 어울리는 것 같아서 나 혼자 흐뭇해하곤 했다. 조개 구럭 채워 오던 보름달 누나는 그해 겨울 고무신 공장 식모로 떠났고 지금은 사내들끼리 허허롭게 해루질 중이다.

망둥이 하나가 스스로 얼멩이에 뛰어들었다.

"자살골이네. 공짜다."

정달이 형님이 엉덩이 흔들며 기뻐하는데, 나는.

"형님, 병철이라고 불러 주세요. 빙철이도 싫은데 작대기 하나 또 떼어낸 빙칠이는 너무 나가네용."

그때까지 전혀 시간 가는 줄 몰랐다. 저만치 안면도 어디쯤 통통배 불빛이 황홀한 탓이다.

낮에는 해님이 동에서 서로 움직이고 밤에는 달님이 해님의 발자국 따라 동에서 서로 똑같이 빙 돌아간다. 해님은 아침, 저녁에만 딱 두 번씩 얼굴이 잠깐 휘황하게 커진다. 붉은 태양이 묘지 위에 떠오를 땐 정말 장관도 연출한다. 그러나 한낮에는 1년 365일 똑같은 모양이다. 낮에는 눈이 부셔 쳐다보지도 못하니 해님의 모양조차 떠오르지 않는다. 하지만 달님은 다르다. 우선 편안하게 볼 수 있다. 얼굴 모양이 날마다 커지다가 보름이 지나면 거꾸로 하루하루 얼굴이 작아지니 참으로 오묘하다. 그리고 달님 얼굴 모양을 따라 밀물과 썰물의 조수간만의 차이도 달라진다.

이런저런 처녀 총각들에 대한 소문들이 문풍지로 파고들곤 했다. 가장 가슴 아팠던 건 붕어 아줌마네 셋째 딸 기자 누나이다. 딸만 여섯이었으니 딸부자네 집이다 여섯 자매 모두 중학교에 가지 못했고 초등학교를 마치면 대처로 나가 공장에 다니거나 그냥 남아서 밭을 매기도 했다.

우선 얼굴이 예뻤다. 신작로 아리랑 사진관 통유리 속에 화사하게 웃는 사진이 붙어 있던 그 누나이다. 눈이 크고 박꽃처럼 하얀 피부에 이마가 넓고 턱이 갸름했다. 다시 자세히 보면 콧날은 마늘쪽처럼 오똑했고 눈가에 송충이 털 같은 속눈썹이 박혀 있다. 그러나 누나는 자기가 예쁘다는 사실을 까맣게 몰랐다. 못 배우고 못 가졌으며 앞으로도 그런 팔자로만 여기고 살아가는 것이다.

"누나, 사진관에 얼굴 붙여 놓으면 돈이라도 받남?"

설레설레 흔드는 눈빛이 싸- 하고 짠하다.

그 류 씨네 열아홉 살 기자 누나와 육촌 피붙이인 동갑나기 기태 형님과 사랑방에서 사랑을 나눴다는 소문이다. 저물녘마다 사랑채에서 수다를 떨어도 같은 집안끼리니까 그런가 보다 했다. 어느 날이었던가, 일가붙이 남녀끼리 일이 벌어졌다는 소문이 문풍지를 넘어도 나는 아무 생각이 없었다. 뭐, 대단한 일도 아니었는데 소문에 민망해진 기태 형님이 먼저 인천의 타이어 공장으로 떠나자 나 혼자.

'앞으로 가오리연은 누가 만들어 주나?'

혼자서 가오리연 만들 고민에만 빠졌었다.

연을 만들기에 가장 좋은 건 '문종이'라고 불리는 한지韓紙이지만 대개 구할 형편이 못된다. 그게 없으면 신문지나 달력 종이를 사용한다. 달력 종이는 조금 무거워서 허공에 뜨기 힘들고 신문지는 거센 바람에 쉽게 찢어지는 단점이 있다. 방바닥에 깔아 놓고 반으로 접은 다음 대칭의 대각선 가위질로 가오리 모양을 만든다. 그리고 나머지 자투리 종이를 길게 잘라 끄트머리끼리 풀을 붙여 꼬리를 만든다. 나중에 연을 하늘 높이 올릴 때 이 길게 늘어진 꼬리가 균형을 맞춰 주는 역할을 한다. 그 다음 신우대를 잘라 연의 크기에 맞춰 낫으로 쪼갠 부분을 조금씩 살을 깎아 내면서 댓살을 만든다. 댓살이 얇으면 바람에 부러지며 댓살이 두꺼우면 하늘에 뜨지 않으니 그 균형을 맞추는 작업이 가장 중요하다.

신문지에 밥알을 넣고 연신 으깨고 주물러 끈적끈적 점액질로 만든 다음 그 사이에 댓살을 찔러 넣었다 빼었다 하면서 여러 번 통과시키며 흠씬 달라붙게 한다. 그 밥풀 더께의 댓살을 가오리 모양의 종이에 붙이고 손톱으로 조물조물 누른다. 연의 뼈대를 만드는 것이다. 마지막으로 연의 얼굴 위, 아래와 양쪽 옆에 실을 묶어 띄우는데 여기서도 실의 길이와 균형을 맞추는 기술이 아주 중요하다. 기태 형님이 떠난 이듬해부터 나도 스스로 가오리연을 만들 수 있게 되었다.

그해 여름이었나? 기자 누나 혼자 불안한 표정으로 생강밭 매는 걸 본 적은 있다. 그 누나를 고두리 포도밭 주인의 후취자리로 보내려 한다는 소문도 얼핏 빨래터를 지나다가 귀동냥을 하긴 했다. 첫 부인을 잃은 후에도 포도밭 아저씨는 여전히 돈이 많았고 기자 누나는 유난히 젊고 예뻤던 것이다.

붕어 아줌마 옆에서 밭을 매던 기자 누나가.

"싫어요. 마흔 넷이면 스물다섯 살 차이인데. 너무 많아요."

얼굴이 발개진 채 설레설레 흔든다.

"돈은 있는 집이여. 밭도 한떼기 뚝 떼어 준댜. 아들 하나만 낳아 주면 편안하게 먹고 산다구."

"중늙은이가 남긴 밥 먹으며 한평생 늙어가긴 싫어."

"쓸 데 없는 소리. 누가 남긴 밥 먹으라니? 나이 먹은 사람들이 더 자상하다니깐. 겸상으로 먹을 수 있어."

"내가 죽어야지."

"미쳤나? 네 마음대로 햇!"

그 기자 누나가 실제로 저수지에 몸을 던질 줄은 꿈에도 몰랐다. 칡덩굴로 온몸을 칭칭 동여매더니 사이사이 돌을 끼워 넣고 그대로 풍덩 뛰어들어 푸른 물결이 되었다.

그리고 두 달쯤 지나 기자 누나네 아버지 봉석 씨도 세상을 떠났다.

'죽은 딸이 자꾸 꿈에 나타나네.'

봉석 씨는 원래 막걸리를 좋아했는데 죽은 딸을 잊기 위해 소주를 마시기 시작했다. 소주는 막걸리처럼 쉬어서 버릴 염려도 없고 도수가 훨씬 높아서 빨리 취할 수 있었다. 한 대접 버럭 들이키고 낮잠에 빠진 다음 벌떡 일어나 피사리를 나가기도 했다. 빈 병의 숫자가 늘어나자 붕어 아줌마가 그 속에 농약을 넣어 보관한 다음 물을 타서 분무기 돌려 밭에 뿌릴 참이었다.

목화밭을 매다가 잠깐 부엌에 돌아와 새참거리를 찾던 봉석 씨가 부뚜막의 소주병을 보고 아무 생각 없이 벌컥벌컥 마신 것이다. 그런데 '아뿔사' 갑자기 속이 쓰리기 시작했다. 닭 모이를 주러 안마당에 나서는 붕어 아줌마에게.

"소주라고 먹었는데… 이거… 속이 이상하다."

그 순간 얼굴이 하얘진 붕어 아줌마가.

"이 양반 그게 농약인딧!"

"진짜?"

대수롭지 않게 다섯 발자국쯤 걷다가 바깥마당에 피를 토하며 쓰러졌다. 포장을 치고 이틀장을 치렀다. 시집 간 딸이 없어 상복 입은 여자들만 긴 머리 늘어뜨린 채 꺼이꺼이 울었다. 낮에는 나비가 날개를 수직으로 세우며 지켜보았고 밤에는 나방이 날개를 수평으로 뻗치며 망자를 배웅했다.

"형님, 기자 누난 죽었는디 아직 아리랑 사진관 유리 속에는 화사하게 웃는 사진이 붙어 있어요. 그게 정상인감?"

"그래서 난 아즉도 죽지 않은 것 같다. 누워 있으면 천장에 둥두렷이 떠올라."

"형님도 좋아했었남?"

그 사이에 증색이 형은 갯장어 두 마리를 잡았고 윤언이 형도 도미 한 마리를 구럭 속에 넣었다.

"마음에 쬐끔은 품어 보았징. 그런데 류 씨끼리라서…."

배싯배싯 웃고 있었지만 나는 정달이 형의 눈시울에 번지던 이슬을 재빨리 보았다. 한숨을 뿜으며 바다를 돌아보는 형님의 어깨가 쓸쓸하게 흔들린다. 초저녁에 동녘에서 솟아오른 달님이 서녘을 향해 새도록 움직이는 중이었다. 갯바닥 건너 그대로 돌아올 때까지 나는 기자 누나의 화사한 표정만 떠올렸을 뿐 아무 생각이 없었다. 그렇게 소금창고 지나 당재골 언덕을 내려오는데.

어둠 속에서 기다리는 희미한 그림자 두 개.

달빛 받은 그림자들이 그렇게 미루나무처럼 커다랗게 가로막는다. 아, 까맣게 잊었던 두려움이 온몸을 콱콱 두들긴다. 키 큰 그림자들은 어머니와 아버지였던 것이다. 가슴이 철렁 내려앉았으나 엎질러진 물이다. 두 분 모두 초저녁부터 다섯 시간 내내 진둔벙 위, 아래를 서성이며 사라진 아들을 조마조마 기다린 것이다. 그랬다. 내가 나타나자 처음에는 안도의 표정으로 환해지다가 금세 얼굴이 굳으면서 덜덜 흔들리고 있었다. 하얗게 질린 얼굴이 남포등 흔들리는 대로 따라 흔들린다. 어머니의 그림자가 그리도 무서웠던 것도 처음이다. 엎질러진 물이다.

"안녕하세유."

형님들이 먼저 고개를 꾸뻑 숙이자 부모님 모두 건성으로 고개를 마주 숙이긴 했다. 그러더니 벌벌 떨고 있는 아들을 보며.

"… 지금 몇 시냐? 이."

"…."

고개만 숙일 뿐이다.

"대답해. 몇 시냐?"

내가 먼저 우우우 울음을 터뜨렸다. 노여운 표정으로 바라보기만 할 뿐 더 이상 화를 내지 않는 어머니가 더 무서웠던 것이다. 그런데 이상하다. 시간이 지나면서 야단맞던 서러움과 물뱀처럼 터뜨리던 울음의 기억은 사라지고 웬걸, 밤바다의 아름다운 풍경만 가슴에서 출렁이는 것이다.

지금은 노모 앞에서 나 혼자 뇌까리는 중이다.

'올겨울에는 눈이 엄청 내렸지요. 어머니 빨리 인나서 설국 풍경 구경 가자스라요. 일본 홋카이도는 겨울만 되면 사람 키를 넘는 눈이 쌓인다매요. 전날 깔아 놓았던 밧줄을 양쪽에서 잡고 흔들면서 터널처럼 만든다는 애기가 진짜였나요? 또 있어요. 유년 시절, 굴비 한 타래 다라에 인 채 폭설을 뚫고 오던 쇳밭둑 당숙모도 떠올라요. 한 마리 드시지도 못하고 남들 굴비 심부름만 하다가 눈 속에 쓰러져 먼저 가셨다고 엄청 슬퍼하셨잖아요.

인나요. 엄니. 인나기만 하면 엄니가 쪄준 보리굴비 내가 대신 쪄줄 거예요. 잘 알아요. 제가 군대 시절 취사병 출신이잖아요. 일어만 나요. 벌떡. 이. 대답하세요.'

그렇게 지난 사연들 사각사각 쏟아 내는 중이다. 가끔은 깜짝 놀라는 사건도 있었다. 사진을 찍기 위해 스마트폰을 들이밀자 어머니가 갑자기 휠체어에서 눈을 딱 뜨시고 몸을 세워 미인 노파로 바뀌는 화려한 변신이다. 손등을 위, 아래로 10센티 가량 흔들기도 하시니 그게 할 수 있는 최대치의 표현법이다. 지금은 어머니의 인생에서 가장 젊은 94세 5월이다.

재활 병원의 병상 생활이 한계점에 달해 마침내 요양 병원으로 옮겨야 한다. 방법이 없다. 앰뷸런스 대신 휠체어에 모시고 요양 병원까지 동행을 했다. 아마도 마지막으로 만나는 '어머니의 바깥 봄날'이 되리라. 초로의 아들이.

"저 꽃 좀 보셔요. 세상에 도심지 한복판에 원추리꽃도 있네요. 유년 시절에 어머니가 '산나리'라고 가르쳐 주셨지요. 이. 어머니."

이제 요양 병원에 들어가시면 더 이상 병원을 옮길 일도 없다.

두려운 요양 병원

마침내 요양 병원으로 옮기게 되었다. 여섯 개의 병원과 재활 병원까지 돌고 돌아 더 이상 옮길 데가 없으니 여기가 마지막이 될 확률이 높다. 종합 병원은 병을 고치는 곳이므로 더 이상 치료할 사안이 없으면 나가야 한다, 는 원칙도 새롭게 알게 된 병원 규칙이다. 재활 병원도 재활 치료를 원하는 환자들이 머무는 곳이므로 마찬가지 요구사항이 반복된다. 그리고 그들의 원칙을 인정할 수밖에 없다. 긴 세월 병원 침대에서 머무를 수 있는 곳은 요양 병원뿐이다. 12개월이 끝나면서 마침내 어머니도 거기로 모시게 결정되었으니 분한 일이다. 가장 두려운 것은 요양 병원이라는 곳이 코로나 이후 면회가 일체 안 된다는 점이다.

또 있다. 오랜 동안 함께했던 1인 간병인 시스템을 마감하고 공동 간병인을 택한 것이다. 작년 4월 어머니가 쓰러지셨을 때는 선택의 여지없이 단독 간병인을 모셔왔다. 그렇게 몇 달이 지나면서 마음이 불안해지기 시작한 것이다. 경제적으로도 불안했지만 어머니의 신체적 기능이 갈수록 떨어지는 것이다. 언제부터였나, 재활 치료조차 못하게 된 것도 이유가 된다. 방법이 없다.

"의식은 있으셔요?"

사람들이 가장 많이 묻는 말에 나는 '예'하고 고개를 끄떡일 수밖에 없다. 그러니까 의식이 남아 있다는 게 현재 어머니 생존의 전부인 것 같다.

4년 전 아버지께서 머무르시던 요양 병원 시절이 천국처럼 떠오른다. 코로나와 무관하던 시국이므로 모든 면회가 자유로웠다. 휠체어로 복도를 오가다가 TV 시청도 할 수 있었다. 간병인에게 박카스 뚜껑을 따서 '드시지요.' 하며 바칠 수 있었고 과일과 음료수를 사서 병실의 모든 환자들에게 하나씩 나눠 줄 수 있었다. 특히 아버지는 마지막까지 정신이 똑똑하다고 소문난 상태였다. 그때까지 자식들과 소통도 하시면서 뭔가 가르치고 나누며 집안일을 해결하면서 존재감을 보이셨다. 침상에 누워서 핸드폰으로 고향에 남은 기와집 지붕을 고쳤고 농토와 임야까지 관리했으며 전화 한 통화로 추석 벌초까지 해결하셨다.

지금 어머니는 완전히 다르다. 아무것도 못 하시며 모든 게 차단되었다. 잠시 떼어놨던 콧줄 식사를 다시 시작하면서 모진 삶을 견디는 중이다.

요양 병원은 지금까지의 병원 시스템과 완전히 다르다. 공식과 비공식 창구까지 몰래 동원해서 가졌던 모든 면회가 완전히 막힌 먹통 장막이었다. 한 달에 딱 한번만 날짜를 정하되 가족 중 두 사람만 가능하며 그나마 통유리 건너편으로 얼굴만 볼 수 있으며 15분을 초과할 수 없다. 시간이 너무 짧고 거리가 너무 멀다. 소독제를 바른 다음 비닐장갑을 끼고 유리창 건너편에서 핸드폰으로 통화를 하는 풍경이 교도소보다 훨씬 고통스럽다. 그 핸드폰마저 어머니가 들을 수 없다는 생각으로 가슴이 미어지는데 하필 어머니의 표정조차 잿빛이다. 그랬다. 나는 사람의 얼굴이 회색빛으로 보일 수도 있다는 사실을 처음 알았다.

"엄마, 아아. 엄마."

여동생 강병선이 먼저 주저앉아 울었다. 나 역시 어머니가 유리 저쪽으로 나타나자 눈물을 삼키는 것 이외에 할 수 있는 게 없었다. 어머니는 휠체어에 앉은 채 고개를 반쯤 숙인 채 아예 움직임이 없다.

"고개를 들어보세요. 네. 네."

소리도 질렀으나 여전히 그 자세였다.

"면회 때문에 목욕을 하셨더니 졸려서 그러시는 거예요."

그러다가 느리게 눈을 뜨셨으나 아들과 막내딸을 알아보셨는지는 알 수가 없다. 15분의 대화조차 힘들어 10분 만에 끝내었으니 놀라운 일이다. 어머니는 그렇듯 꽁꽁 묶인 채 반응이 없으셨다. 그 순간 출입구 소나무 사이로 꾀꼬리 한 마리가 허공에 무지개 빛깔을 뿜으며 날아가는 것이다. 그 꾀꼬리의 날갯짓 파노라마를 보면서 숨을 쉴 수가 없었다.

중학교 2학년 때였던가. 교실의 질풍노도 모두 신체를 결박당하듯 수업을 한 적이 있었다. 별명은 합죽님. 그 혼자 권위를 누리는 야만의 수학 시간이었다. 아무것도 할 수가 없었고 오로지 부동자세로 칠판만 바라보아야 하는 공포의 시간이었다. 그리고 그 와중에 나는 무지개를 흩뿌리는 꾀꼬리의 깃털 사태를 만난 것이다.

그랬다. 공포와 억압의 사춘기가 있었다. 열다섯 질풍노도 소년들에게 부여된 자유는 딱 하나, '부동자세로 칠판을 볼 수 있다'는 자세뿐이었다. 의자에 허리를 붙인 채 어깨를 펴고 50분 내내 차렷 자세를 유지했으니 진짜 옴싹도 달싹도 못했다. 몽둥이 앞면에는 '정신봉', 뒷면에는 '사랑의 선물'이라고 적혀 있었는데 우리들 모두 '스승의 매질을 사랑이 아니라'고 의심한 적이 단 한 번도 없었다. 그렇게 세뇌를 받았다.

합죽님의 말씀은 곧 법이었고 법은 즉시 매질로 연결되었다. 입술이 벌어져 이빨이 보이면 무조건 50대였다. 목을 움직여도 50대였으며 선생님의 허락 없이 필기를 하면 100대를 맞았다. 필기를 할 때에도 지우개를 사용할 경우를 제외하면 펜을 잡는 손 하나만 책상 위에 올려놓을 수 있었다. 우리들 모두 마네킹이었다. 석고처럼 굳어 있으라는 그 명령에 한 시간 내내 완벽하게 복종했으니 스승이나 제자 모두에게 대단한 수칙이었다. 또 있다. 정신봉으로 50대나 100대를 맞은 다음 '감사합니다' 하며 고개를 90도로 숙여 인사한 후 자리에 들어갔다. 고개를 삐딱하게 세우면 당장 싸대기가 날아왔다. 맞은 후의 직각 90도 인사가 보은의 표시라고 배웠다.

유월 중순이 지나자 합죽님은 전원 교복 윗도리를 벗으라고 했다. 선풍기가 없던 시절이니 그게 더위를 피하는 배려일 수도 있다. 당연히 전원 모두 메리야스 차림으로 수업을 받았다. 긴 팔 메리야스도 있었고 팔목이 잘라진 런닝구도 있었고 구멍이 숭숭 뚫린 그물형 스타일도 있었다. 옷을 벗으니 체격의 차이가 더 확연했다. 사춘기 중딩의 몸들이 '큰놈과 작은 놈'으로 다양하게 구분되는 것이다.

7월이 되자 그 런닝구마저 벗으라고 했다. 사내끼리니까 메리야스 탈의쯤은 할 수도 있다고 생각했다. 맨몸이 되자 실제로 좀 더 시원한 느낌도 들긴 했다. 그리고 친구들의 몸이 새롭게 보였다. 하얗고 까만 근육질 청소년과 아직 사춘기에 입문하지 못한 젖살 소년으로 구분되었다. 그러니까 당시 중2의 젖꼭지에서 사춘기 입문의 수준 여부가 표시 난다는 사실을 실습으로 가르쳐 준 셈이다. 앞자리 조무래기들은 그냥 애기 젖꼭지였고 중간 자리에서는 이제 막 젖망울이 서는 중이었고 뒷자리 콧수염 난 친구들 젖꼭지는 시커멓고 딱딱한 어른 체형이었다. 가끔 다른 과목 선생님들이 업무차 들렀다가 우리들의 몸을 보며 헛헛 웃으시며.

"오- 넌 몸도 좋다."

"때 좀 닦아. 임마."

젖꼭지를 꼬집거나 겨드랑이를 간지럽혔지만 아무도 웃지 않았다. 방심한 채 이빨을 보였다간 곧바로 싸대기가 날아온다는 공포감 때문이다.

문산에서 기차 통학을 하는 서경훈은 157센티에 72킬로였다. 친구들이 '가로와 세로가 똑같은 몸집'이라고 놀려도 피식 웃기만 하는 순둥이 소년이다. 문제는 그의 가슴이 여자처럼 출렁인다는 점이다.

"얘는 여자 같네."

선생님들이 경훈이의 가슴을 툭툭 치다가 물컹 주물러도 양쪽 어깨를 바싹 오므려 최대한 가슴만 좁히려 할 뿐 아무 방법이 없었다.

여름 중복이 지나 온도가 오르자 바지도 벗으라고 했다. 벗으라면 벗는 것이다. 지구상에서 합죽님보다 더 강한 권위는 없었다. 수학 시간만 되면 사춘기 소년 70명 모두 여름 내내 팬티 바람으로 수업을 받았으며, 교실에서 정장 차림은 단 한 명 합죽님뿐이었다.

"공부는 배고프고 힘들게 해야 한다."

합죽님이 수단과 방법을 동원하여 최선을 다하셨으므로 성적이 오르지 않는 것은 전적으로 우리들의 책임이었다.

시험이 끝나자 70명 모두 백 대씩 때렸다. 사춘기 교실의 절반쯤 때릴 때 수업이 끝나는 종이 났으므로 나머지 뒷 번호 36번부터는 다음 시간을 기다려 맞았다. 그렇게 두 시간 내내 매타작을 당했고 또 그 장면을 구경했다. 맞을 때는 신음소리를 냈지만 남들이 맞는 걸 보며 숨죽이며 키득키득 웃었으니 질풍노도들의 성정이란 참으로 복잡다기하다. 그러나 우리들 모두 알고는 있었다. 맞아야 성적이 오른다는 게 새빨간 거짓이라는 걸.

아카시아가 꽃송이 치렁치렁 늘어뜨리던 오월,

합죽님이 새로 개발한 '선생님의 나쁜 손' 괴롭힘을 새롭게 시도했으니 신종 타법이다. 처음에는 예쁘장한 아이들을 하나씩 교탁으로 올려놓고,

"손 올렷!"

명령한 다음 스승의 손가락이 제자의 사타구니를 침범하는 것이다. 거부할 엄두를 내본 적은 당연히 없다. 첫 타켓은 색시처럼 흰 얼굴에 입술이 발그스레한 김기철이였다. 두 손을 올리자 합죽님의 손길이 아주 천천히 아랫도리를 더듬기 시작했다. 무장해제된 열다섯 소년의 몸으로 선생님의 손가락이 민물장어처럼 파고드는 것이다. 스승이 사춘기 제자의 성기를 마음대로 만진다. 또 만진다.

'성추행하지 마세요. 스승님.'

그런 저항은 아득한 미래 세계에서나 가능한 것이므로 무조건 견디는 것이다.

먹잇감 소년들은 여기서도 또 구경꾼의 이중성을 보였다. 끌려 나온 친구가 홍시처럼 새빨개진 채 똬리를 틀면 구경꾼 소년들이 '우히히히' 배꼽을 잡는 것이다. 가끔 별종도 있었다. 선생님이 아랫도리를 더듬건 말건 도무지 변화가 없는 식물성 표정들이다. 무섭다. 그렇게 모두 머리 빈 항아리가 되었다.

내가 걸린 건 순전히 꾀꼬리의 빛깔 때문이었다.

어디서 날아왔을까, 담벼락 아카시아에 내려앉은 황금빛 꾀꼬리 한 마리를 나 혼자 만난 것이다. 아름다웠다. 날개 칠 때마다 깃털에서 빠져나온 무지개 색깔이 하늘로 번지는 것이다.

'깃털에서 쏟아지는 무지개 색깔이 하늘로 번진다. 아, 저렇게 아름다울 수가!'

눈을 뗄 수가 없었다. 선생님이 나오라고 깜빡깜빡 손짓했지만 숨이 막혀 고개를 돌릴 수가 없는 것이다. 교단 쪽으로 나가는 사이에 꾀꼬리가 홀라당 날아가 버리면 톱밥처럼 쏟아지는 무지개 파노라마를 영원히 만나지 못할 것이기 때문이다. 그의 정신봉 몽둥이가 코밑 가까이 어른거릴 때 비로소 정신을 차리고 몸을 차렷 자세로 세웠다. 그러나 늦었다.

"3초 내에 대답해라. 100대 맞을 거냐? 손을 머리에 올릴 거냐? 2초, 1초. 땡."

그렇게 합죽님의 나쁜 손을 막아내지 못했다. 내가 할 수 있는 건 손길이 가랑이 사이로 파고드는 순간 아랫도리를 비비꼬면서 침탈 속도를 쬐끔 늦추는 것뿐이었다. 그 순간 황금빛 뿜어대던 꾀꼬리가 나뭇가지를 박차고 푸른 하늘로 날개치고 있었다. 빨주노초파남보, 일곱 가지 색깔로 하늘 가까이 번지는 무지개 파노라마다. 이럴 수가.

"아–!"

나는 허공으로 쏟아지는 깃털 파편에 황홀한 탄성을 질렀다. 정말 아름답다. 그때 사타구니 사이를 더듬던 합죽님이.

"좋냐?"

흐흐흐 웃음소리에 교실은 또 한바탕 뒤집어졌다. 덩달아 나까지 '펫펫' 따라 웃었다.

'따라 웃지 말아야 했다.'

나중에 시간에 흘렀을 때 그렇게 후회하면서 내 손가락을 찍고 싶었다. 아니, 스승의 손가락도 잘라 버리고 싶었다. 내 성장소설 『토메이토와 포테이토』에서도 이 장면과 비슷한 부분이 짧게 나오는데 실화를 토대로 편집하여 재구성했던 것들이다.

그 1970년 종로 거리 젊은 청년들은 경찰 제복만 보면 도망을 다녔다. 장발 단속에 걸리는 순간 길거리에서도 청년들의 머리카락이 가위질로 뚝뚝 떨어졌다. 반항했다간 울울청년들의 귀싸대기로 손바닥이 날아오기도 했다. 대로 한복판에서 자르기도 하고 파출소에 끌고 가서 가위로 싹둑싹둑 자르면 구경꾼 아저씨들이.

"잘하는 거야. 저래야 나라가 발전하지."

"장발족 때문에 완죠니 인력 낭비야. 경찰들의 노고가 너무 심해."

맞장구를 치기도 했다.

어머니 말씀 안 듣고 머리 긴 채로 명동 나갔죠
내 머리가 유난히 멋있는 지 모두들 나만 쳐다 봐
바로 이때 이것 참 큰일 났군요~
아저씨가 오라고 해요 웬일인가 하며 따라갔더니
이발소에 데려가 내 머리 싹둑– 예이 예이 예예

유행가를 보면 이발소에 데려가 자르기는 했는가 보다. 하지만 길거리나 파출소에서 경찰관 마음대로 머리를 자르는 건 내 눈으로 수도 없이 보았다. 아가씨들의 치마 길이가 짧으면 길바닥에 세워 놓고 줄자로 재었고 더러는 치맛단이 뜯기기도 했다. 1인당 국민소득이 1,000달러로 막 오르기 시작하던 개발 도상국 풍경이다.

"나라 발전에 가장 좋은 건 독재 정치야."

그런 골 빈 소리를 받아들이던 군상들이 항상 있었던 것 같다. 지금도 있다.

면회를 마치고 돌아오는 길이었다. 승용차에서 내린 어느 할머니 한 분이 휠체어를 타고 요양 병원으로 들어가는 풍경이었다. 손에 아이스크림을 든 할머니는 뭐, 걱정스러운 표정도 아니고 그냥 이웃집 마실 가듯 태연하게 아이스크림을 깨무시더니 나무 막대기까지 야금야금 핥으신다. 그리고 여전히 편안한 표정으로 병원으로 들어가시는 것이다. 여동생이.

"저 할머니 지금 가면 영원히 못 나오실 텐데 아이스크림을 편안하게 드시네."

가슴이 철렁 내려앉는다.

현재 어머니는 DNRDo not Resuscitate, 소생술 포기 동의서를 작성

한 상태이므로 비상시에도 산소 호흡기를 착용하지는 않게 된다. 소위 증상 치료만 하는 것이다. 폐렴이 오면 항생제 치료를 하고 패혈증이 오면 중심 정맥 내에 카테네를 삽입한다. 호흡 곤란이 오면 약물과 산소를 투여하기도 한다. 만약 그 치료를 거부하게 되면 요양원이나 집으로 옮기는 것이다.

늙음은 죄가 아니다

먼저 떠난 벗들을 떠올린다. 민주화와 민족문학에 헌신하며 함께 가던 동지들이다. 오원진과 이순덕 동지는 결혼을 하지 못한 채 세상을 떠났다. 최연진, 정영상, 이규황, 강구철, 윤중호 그리고 류지남 시인은 젊은 동반자를 곁에 두고 먼저 요단강을 건넜다. 방안에 누워 있다가 그들의 얼굴이 천장으로 떠오르면 윤곽이 점차 진해지기도 한다. 깜짝 놀라 벌떡 일어나면 없다. 선명하게 없다.

모두 젊은 날의 느닷없는 석별로 남아 있는 벗들을 깜짝 놀라게 만들었다. 해직 교사였던 정영상 시인은 불과 30대 중반의 새벽잠에서 숨을 거두어서 장례식장을 통곡의 바다로 만들었다. 류지남 시인은 아침 등산에 올랐다가 심장마비로 세상을 떠나 남은 사람들을 꺼이꺼이 비통에 빠지게 했다. 사람이 갑자기 죽으면 비통함이 더 큰 것이다.

아, 또 있다. 음악 교사였던 남광균 선생의 영정 앞에서 관

악기를 불던 풍경이다. 고교 시절 밴드부 동기생 세 명이 차렷 자세로 서 있었는데 나는 뒷모습만 보았다. 그들 모두 30대 중반의 떡 벌어진 체격이었는데 트럼펫 부는 내내 전신주처럼 움직이지 않았다. 그리고 나는 세상에서 가장 슬픈 트럼펫 소리를 만났다. 음악 소리가 우리의 가슴을 출렁거리게 만들기도 하지만 때로는 송곳으로 가슴을 후빈다는 사실도 처음 알았다. 그리고 소리와 음률에 따라 번지는 빛과 그늘이 그리도 선명함을 처음 알았다.

그러나 우리 집의 경우는 다르다. 어머니가 떠나시면 문상객들이 상주의 어깨를 두들기며.

"호상이라오. 그동안 수고하셨으니 이제 힘내시오."

그렇게 달래면 고개만 푹 숙일 것 같다.

나도 어느새 형제들끼리 카톡으로 소통할 만큼 손전화에 익숙해졌다. 면회를 다녀올 때마다 어머니의 사진들을 올려 '강 씨네 핏줄'끼리 공유할 수 있게 장치를 만든 것이다. 그리고 벗들과 공유했다. 내가 먼저 어머니의 상태를 페이스 북에 올려서 벗들로부터 격려를 받기도 했다.

그런데 언제부터였나, 지금은 SNS에서 어머니의 사진을 일체 공유하지 않는다. 지인은커녕 가족들에게도 보여 줄 자신이 없다. 그러니까 보여 줄 수 있는 사진이 있고 보여 줄 수 없는 사진이 있으니 그것은 얼굴 표정의 그늘과 질곡이다. 『헨델과 그레텔』 동화가 생뚱맞게 떠오르지만 기실 어머니의 병환과는 그리 연관이 없는 스토리일 수도 있다. 단지 주름진 얼굴이 지난한 세월과 신산의 사연일 뿐이다.

'오래 사시는 게 과연 좋은 일인가?'

입원 서너 달이 지나면서 그런 갈등에 시달렸던 것 같다. 초기에는 마음이 조급했지만 어머니와 짧은 대화도 나누었고 맛있는 걸 입에 넣어 드리는 보람도 있었다. 세월이 지나면서 해 드릴 수 있는 게 점차 줄어들더니 나중에는 모든 게 불가능해졌다.

입원 11개월까지는 음식을 드셨으나 지금은 콧줄 식사로 기약 없는 세월을 연명하시는 중이다. 어쩌면 마지막 작별의 찰나까지 그러실 수도 있다. 거북이처럼 느리게 움직이던 오른손마저 콧줄을 뽑으려한다는 이유로 벙어리장갑을 끼워 그나마 결박시켰다. 세상과 작별하는 날 모든 걸 되찾게 되리라.

'하느님 내 어머니를 이제 품에 거두십시오. 좋은 곳에서 편안히 쉴 수 있게 해주세요.'

2019년 유럽 여행 중, 스위스 알프스 흑림을 내려오면서 김명원 교수에게 들은 이야기이다. 그미 모친의 마지막 도정도 내 어머니처럼 힘들었을 게 눈에 선하다. '모친을 더이상 힘들게 하지 마시라'고 제발 그 고통을 벗어나게 해 달라고 기도했던 사연을 반추하며 눈물을 글썽였다. 지금은 내가 어머니를 위하여 그렇게 기도를 드리고 싶다.

"하느님, 어머니의 고생이 너무 심해요."

6년 전, 요양 병원에서 2년 6개월을 지내셨던 아버지와 비교하는 것도 민망스럽다. 아버지는 침대에 누워 계실 뿐 신문을 보시며 정치 이야기도 나누었고 뭔가 속내를 보이시려 노력하셨다. 병상의 핸드폰으로 선산의 묘지 점검을 지시해서 깨끗이 정리시켰으니 그게 마지막 기획의 완성이었다.

가장 큰 차이는 면회의 자유로움이다. 생신 때는 양복으로 갈아입고 잠깐이나마 식당의 가족만찬에도 참석하셨다. 그러나 지금 어머니는 모든 조건이 다르다. 밀폐된 공간의 처절한 고독은 악몽보다 심하다.

젊음이 노력과 인내의 결실이 전혀 아니듯 늙음 역시 추한 노욕의 축적이 당연히 아니다. 세상이 풋풋한 젊음을 칭찬하는 대신 삭아 가는 늙은 세포를 초라하게 그릴 뿐이다. 영화를 보라. 젊은이들은 로망과 신뢰가 화두가 된다. 반면에 노인들끼리의 러브 스토리는 소소한 실수나 코믹 액션을 기반으로 시작된다. 사실과 다르지만 그렇게 고착되었다.

흑림은 '그림 형제'의 동화 『헨델과 그레텔』의 원조 배경이다. 그러니까 궁중 제빵사 한스라는 사내와 뉘렌브르크 여자 제빵사 카타리나의 불편한 라이벌 스토리에서 출발한다. 문제는 카타리나의 인기가 너무 좋아 백성들이 그미의 빵만 선호하니 한스가 너무 괴로운 것이다. 그러니까 한스가 카타리나에게 청혼을 한 것도 순전히 제빵 기술을 훔쳐 오기 위한 흑심 때문이다.

카타리나는 단호하게 거절한다. 사랑을 고백하는 한스의 눈빛에서 이리 떼의 음습함이 보였기 때문이다. 그래도 빵은 만들어야 했다. 스토커처럼 달라붙는 한스를 피해 숲속 움막집으로 피했다. 가마를 만들어 놓고 화덕을 피워 빵을 구웠었는데 여전히 인기 폭발로 그미의 빵을 찾는 백성들이 구름처럼 몰려드는 것이다. 마침내 한스는 카타리나를 죽일 궁리에 몰입한다. 그리고 증오와 질투의 소용돌이에서 군중들을 선동하는 것이다.

"저 여자가 빵 속에 독사의 침이 섞인 마약을 넣었다. 내가 두 눈으로 보았다. 의심이 간다면 '내가 두 눈으로 보지 않았다'는 걸 논리적으로 증명해 보라. 저 빵은 얼핏 맛이 달콤하지만 먹고 낳은 아기들은 모두 악마가 된다. 두꺼비눈에 뱀대가리 아기를 낳게 된다. 우우, 죽이지 않으면 우리의 영혼을 모두 약탈당한다."

그렇게 마녀사냥으로 오랏줄로 묶는 것까지는 성공했으나

증거가 나오지 않았다. 결혼한 사람 중에 그 빵을 먹고 악마의 새끼를 낳은 사람이 한 명도 없는 것이다. 오히려 갓난아기의 살이 포동포동 오르고 눈빛도 호수처럼 출렁거렸다. 카타리나는 증거 불충분으로 무죄 판결을 받고 더 맛있는 빵을 만들 궁리에 빠진다.

마침내 한스는 살인을 계획하고 그의 동생 그레텔을 끌어들여 즉각 실행에 옮긴다. 숲속에 침입하여 빵을 굽기 위해 엎드려 있던 그미의 엉덩이를 화덕 안에 '훅' 쑤셔 넣고 뚜껑을 닫았다. 그렇게 아궁이 불에 활활 태워 죽인 것이다. 그리고 비바람 몰아치면서 수풀이 온통 검게 변해서 '흑림'이 되었다는 결말이다. 이게 『헨델과 그레털』 동화의 원조 스토리인데.

이 전설을 그림 형제가 거꾸로 뒤집었다.

젊은 여자 제빵사 카타리나를 마귀할멈으로 바꾸고, 살인자 한스와 공모자 그레텔은 집을 도망쳐 나온 청순가련한 남매로 변신시킨 것이다. 궁중 제빵사 한스가 카타리나 제빵사를 숲속으로 쫓아낸 갈등관계를 완전히 지워 버린 것이다. 여자 제빵사 카타리나는 빼앗기고 또 빼앗기다가 몸과 이름까지 다 빼앗겨버렸다. 한스는 가련한 남매로 바꾼 대신 카타리나를 마귀처럼 만들었다. 과자로 된 집에 있는 보물까지 모두 약탈했지만 그 도둑질이 선물처럼 묘사된 것이다. 또 있다.

원본에서는 '아이들을 잡아먹으려는 여자'가 계모가 아니라 친엄마로 기록되어 있는데 한국어 번역판에서 '자식을 죽이는 엄마는 너무 잔인하다'면서 계모로 변조시킨 것이다. 그러니까 계모와 노파들에게 모든 원죄를 뒤집어씌우는 것이다.

그리고 서양 동화의 원조는 대부분 끔찍한 잔혹사인데 번역 과정에서 아름답고 청순가련하게 색칠해 놓았을 뿐이다. 그 대신 백설공주나 신데렐라까지 의지할 데 없는 계모나 등허리 굽은 할머니들을 등장시켜 악마로 분장시키는 것이다. 그렇게 신분과 나이에 따라 천사가 되기도 하고 악마로 배치되기도 한다. 그러니까 여자가 젊고 청순 가련하면 모든 위기가 해결된다. 위기에 빠졌을 때 백마 탄 왕자님이 나타나서 보호해 준 다음 웨딩마치를 울려야 해피 엔딩이 완성된다. 그리고 의지할 곳 없는 여자들은 무조건 악녀나 마귀할멈 아니면 무지한 야만인으로 색칠해 놓은 것이다.

다시 정리하면,

그림 형제가 창작한 마귀할멈은 본디 착한 제빵사 카타리나요, 나쁜 궁중 제빵사 한스는 가련한 남매로 변신된 것이다.

작금의 역사가 모두 그렇다. 구경꾼들은 강자와 약자의 싸움 과정의 파워를 저울질한 다음 약자에게 마녀의 탈을 씌우니 그게 '악의 축' 조작이다. 예쁜 얼굴은 착하고 가련하며 왕자님의 도움을 받아 행복하게 살게 되며 미운 얼굴은 심술과 탐욕으로 살인을 기획하다가 외로운 죽음을 맞이한다. 독자들의 의식 또한 그렇게 판단 능력을 잃는다.

나도 유년 시절 칭기즈칸의 군대에게 짓밟히는 약소국의 백성들을 야만인으로 멸시했었다. 약한 부족의 심장을 창으로 찌르며 달리는 그 기마병에게 용사의 호칭을 붙인 것이다. 침략자 나폴레옹을 응원하며 그런 영웅의 심장을 가슴에 담는 게 '소년의 꿈'인 줄 알았으니 그게 '나폴레옹의 무지개'이다. 베트콩들이 총에 맞아 죽으면 박수를 쳤으며 카우보이와 싸우던 인디언들이 계곡에 쓰러지는 영화를 볼 때마다 벌떡 일어서서 만세를 불렀다. '밀림의 왕자' 타잔이 아프리카 대륙을 평정할 때에도 진심으로 응원했다. 부끄럽다.

또 있다. 친엄마를 한국어판 번역 과정에서 의붓엄마로 둔갑시킨 것이란다. 그랬다. 당시 봉건 시대 사내들은 숱한 여자를 데리고 살아도 '인자한 가부장'으로 당연한 권리와 행복을 누리지만 남편을 잃은 여자가 새로운 남자라도 만나게 되면 당장 마녀의 주홍글씨로 변신시켰다. 그게 '새엄마의 악마화'이다.

나중에는 왕비가 된 신데렐라가 친엄마에게 이글이글 끓는 신발을 신게 하는 벌을 준다. 그리고 모친이

"악 뜨거워."

울부짖을 때마다 구경하던 친딸 신데렐라가.

"재밌다."

깔깔깔 박수를 쳤단다. 동화 「신데렐라」는 '신데렐라 콤플렉스' 등 여성 심리의 다양한 재해석 담론으로 재생되기도 한다. 스토리에 등장한 여성 신분에 대한 왜곡 과정은 따로 분석할 과제이다.

장년의 제자를 만나고

정년 퇴임 이후 18개월쯤 되었던 어느 날,

낮잠에 빠졌던 것 같다. 중간고사 2일차 1교시 국어 시험인데 시험지가 통째로 사라진 것이다. 캐비닛에도 없고 서랍에도 없고 휴지통을 뒤집어도 나타나지 않는다. 큰일 났다. 아이들이 일제히 일어서더니 유리창 두들기며 시험지를 내놓으라고 도깨비처럼 아우성이다. 그리고 캐비닛 손잡이를 향해 쇠망치 내리치는 굉음에 시달리다가 벌떡 일어섰다. 창가에 콧등 비비며 10분쯤 지나서야 제 정신으로 돌아와.

'꿈이구나. 아, 살았다. 만만세.'

안도하며 펄쩍펄쩍 뛰었다. 그리고 잠시 후 그 꿈속의 배경 대산고 2층 교무실 앞자리에서 함께 근무했던 신상원 선생님으로부터 전화를 받은 것이다.

"시간제 교사 한번 하시지요. 부장님."

나는 부장이 아니지만 재직 당시 교무실 동료들이 예우 차원이라면서 그렇게 불렀다. 한때 그 호명을 거부했으나 이차구차 몸에 배었다가 지금까지 연장되는 중이며 그 학교에서 근무했던 벗들은 앞으로도 내가 뇌리에서 잊힐 때까지 그렇게 부를 것 같다. 아무튼 나는 그 뜬금없는 제안에.

"하하핫."

일단 뜨악하게 웃었다.

"농담 아닙니다. 결정을 부탁드립니다."

"진짜입니까? 그래도 저는 늙었으니까 먼저 젊은 사람을 구해 보시고 그래도 여의치 않으면 생각해 보겠습니다. 만약 끝까지 여의치 않다면요."

점잖게 사양했지만 속으로는 다시 교단에 서 보고 싶은 충동으로 '아싸로비야' 몸이라도 흔들고 싶었던 게 솔직한 고백이다.

"교육청 사이트에 공고를 여러 차례 내긴 했는데 아직 희망자가 없네요."

그럴 수도 있겠다. 기간제 교사라면 '1년 동안의 안정'을 찾으려는 희망자가 넘치겠지만 시간제 교사는 경우가 다르다. 그 학교는 서산 시내에서 승용차로 30분 이상의 거리이니 버스로는 한 시간이 넘게 소요된다. 기간제 교사의 경우 대산읍내에 원룸을 얻어 놓고 살 수가 있으나 주당 이틀 6시간짜리 시간제 교사는 그게 안 되는 구조이니 지망자가 없을 수 있는 이유이다.

그런 사유로 2020년 7월부터 7개월 동안 대산고에서 월, 화요일에 각각 3시간씩 주당 6시간을 시간제 교사로 일한 적이 있다. 퇴임 2년차에 다시 그 학교에 잠시 되돌아갈 수 있다는 것만으로도 몸이 젊어지는 것이다. 겉으로는 마지못한 척 응했지만 속으로는 행운이라 여기고 스스로 옷도 빨고 구두코도 반들반들 닦았다. 어머니가 보건 말건 자발적으로 때를 빼고 광도 부렸다.

아무튼 행복했다. 영원히 만나지 못할 줄 알았던 꿈나무들을 칠판 앞에서 재상봉하는 축복을 누린 것이다. 예전에 가르쳤던 1학년 신입생들이 고3 졸업반이 되어 교무실을 기웃거렸고 가끔 질문거리를 가지고 어깨치기를 시도하는 질풍노도들이 너무 예쁜 것이다. 퇴임 전 동료 교사가 아직 40프로쯤 남아 있어서 아주 어색하지는 않았다. 힘든 부분도 있었다. 수업 내용이야 예전의 연장으로 술술 넘어갈 수 있었지만 줌이라든가 인터넷 강의 같은 여타 비대면 시스템이 당혹스러웠음을 밝힌다. 심지어 답안지 채점도 스마트폰을 사용하는 것이다. 눈에 보이는 대로 젊은 스승의 소매 끝을 당겨 인터넷의 해결을 부탁하면 즉각 들어주었다.

이틀째 근무 중, 2층 본부 교무실의 권보미 선생님이 마스크 한 통과 목에 거는 끈을 선물로 내주시며.

"부장님, 이거 쓰고 다니세요."

선생님이 내미는 마스크 걸이 끈에는 '대산 고등학교'라고 적혀 있었다. 까만 바탕에 흰색 글씨로 또렷이 적힌 게 퇴직 교사로서 조금은 어색했지만 시간제 임기가 끝난 나중까지 그대로 차고 다녔다. 그 후로도 마스크를 잃어버리지 않기 위해 그냥 걸쳤을 뿐이고 그날 어머니 면회 때에도 당연히 목에 걸고 간 것이다.

다행이랄까, 이번에는 어머니가 쬐끔 회복되셔서 우리들을 알아보시는 것처럼 연신 입술을 움직이신다. 그리고 나는 유리창 저쪽을 향하여 애타는 마음으로 너스레를 떨 수밖에 없다.

"어머니 손주 등현이와 주현이 결혼 같은 거 걱정 마세요. 요새 애들은 워낙 느려요. 알지요? 직업이 필수이고 결혼이 선택인 세상이 되었다구요."

"승규, 진규 모두 대학원 졸업했구요. 진규는 회사에 다니면서 계속 박사까지 진학할 참이니 나날이 발전하는 가문이네요."

손주들끼리 소위 '3세 모임'이 있는데 그들의 표정은 부모 세대와 다르다. 푸릇푸릇 후리늘씬 상큼하다. 우리들의 젊은 날 신념들은 '근검과 절약', '결핍', '민주화를 위한 고난 감수' 같은 슬로건을 목숨처럼 담고 다녔었다. 지금 젊은이들은 그게 아니다. 합리적이고 객관적이다. 술고래가 사라진 대신 영화 관람이나 SNS 소통을 몸에 달고 다닌다. 와인 한 병으로 몇 시간 동안 하하호호 수다를 부릴 줄도 안다. 그리고 무엇보다 '현재의 행복'을 추구한다는 점이다. 미래를 위한 고난의 감수보다 현재의 행복이 중요하다. 결혼을 늦게 해서 장차 '인구 절벽'을 우려하는 이유도 거기에 들어간다.

내가 부석 초등학교 다닐 때 6학년 동급생이 60명씩 3개 반 180명가량이었다. 그러다가 동생들 학번으로 내려갈수록 200명에서 240명까지 늘어났다. 그때만 해도 '아들, 딸 구별 말고 둘만 낳아 잘 기르자'가 슬로건이었으니, 정관 수술을 신청하면 예비군 훈련도 빠질 수 있던 시대이다. 수십 년 후 대한민국은 세계 1위의 저출산 국가가 되었다.

2020년 내 모교 부석초등학교는 7명이 졸업을 하고 딱 한 명만 입학을 했단다. 그리고 부석면에는 3개의 초등학교가 있는데 그해 면 소재지 전체에서 태어난 아이는 4명이란다. 그중 한 명은 내년에 서울로 이사 갈 계획 중이고.

"강병호 아들 이현이, 다현이 모두 군대에 갔어요. 걱정 마세요. 요새 군대는 저희 때처럼 때리지도 않고 기합도 없고

복무 기간도 짧아요. 핸드폰도 있다니깐요. 걔네들 모두 슈퍼 체력이니 운동만 잘하면 세월이 술술 잘 지나가지요."

그렇게 의사소통 여부와 상관없이 나 혼자만 지껄이는 중이다. 어머니는 5분가량 눈을 감고 계시다가 희미하게 뜨시더니 막내딸을 알아보면서 몸을 세우려 애를 쓰셨다. 그러더니 다시 입술을 움직이신다. 소통이 전혀 없지만 이제 우리들도 예전만큼 충격을 받지 않는다. 그렇게 또 한 차례의 면회를 끝내고 우울한 마음으로 돌아설 참이었다.

그때까지 어머니의 휠체어 뒤에서 면회를 담당하던 장년의 간호사 한 분이.

"대산 고등학교가 어디에 있지요?"

내 목에 걸린 마스크걸이에 찍힌 글자를 보고 묻는 거려니 했다.

"충청도입니다."

무심히 대꾸한 채 돌아서려는데.

"혹시 논산에서 근무하시지 않으셨어요. 강병철 선생님?"

그 소리가 꿈결처럼 아른거리는 것이다. 아, 요양 병원 유리창 너머에서도 선생님 소리를 들을 수 있구나. 격한 감동의 소용돌이에 빠지는 것이다.

"… 그럼 혹시 쌘뽈 여고에서의 제자이신가요?"

"네, 선생님."

살다 보면 이런 반전도 생기는 것이다.

아주 가끔이지만 그렇게 등허리 뒤에서 느닷없이 터져 나오는 수맥의 물줄기를 받으며 '허허벌판의 외로움'을 모면한 적이 있었다. 잠시 후 그미가 성벽처럼 막혀 있던 통유리 현관문을 스르르 열고 나왔으니 37년만의 해후이다.

이름은 이정재 간호사.

서울의 종합 병원에서 정년 퇴임을 하고 이 병원에서 임시 팀장으로 근무하는 것 같았다. 그랬다. 아득하고 아스라한 그런 세월이 있었다.

그 시절 그미는 입시를 앞둔 열아홉 고3 여학생이었고 내가 그 학교 남자 중에서 가장 젊은 총각선생이던 그런 풋풋한 시절이 실제로 있었다. 수업 시간에 송창식의 노래를 부르고 체육대회 때는 응원대열 앞에서 '3 · 3 · 7 박수'도 쳤었다. 그리고 나라와 민족을 위해 목숨이라도 바칠 듯 겁도 없이 큰소리도 쳤었다. 하지만 첫 임용 때 나는 2학년 국어를 가르쳤으므로 이미 3학년이었던 그미는 기실 내가 가르친 직접 제자가 아니다. 어쩌면 체육대회 때 운동장에서 응원하는 모습을 보았을 수도 있다. 철없이 행복했고 그 행복이 영원히 계속될 것만 같던 시국이다.

그런 스크린이 있었다. 83년, 교사로 첫 발령이 나고 교문에 들어설 때까지는 아무 생각이 없었는데 막상 근무를 시작하면서 엄청난 변화가 일어났다. 이상하다. 대학 시절에 여학생들에게 그다지 주목을 받지 못했던 내가 그 학교 여고생들의 팡파르 소나기를 받는 스타 반열에 오른 것이다. 성모상 뒷길로 출근하면 4층 교실 유리창이 활짝 열리면서.

"선생님이 우리 반 담임이 되셨어요."

손을 흔들며 쨍그랑쨍그랑 웃음을 터뜨리던 풀꽃 여고생들이 분명히 있었다. 그 초임 발령의 팡파르가 교직 생활 내내 연장되는 줄 알았다. 그때는 그랬다. 나이 먹은 사람들을 보면 왠지 미안해서 뭐든지 퍼 주면서 돕고 싶었던 시절이다. 내 몸도 언젠가 저물어간다는 걸 까맣게 모른 채 영원히 풋풋할 줄만 알았다.

50대 중반의 제자들도 연륜이 있는지라 차마 반말이 나오지 못한다. 그렇다고 존댓말도 아닌 어정쩡한 문법으로 짧은 시간이 길게 오래 가는 소통의 시간을 가지게 되었다. 내가 먼저 그의 동급생 이름을 꿰맞추기 시작했다. 김혜영, 김선옥, 이용애, 박덕준, 황춘자, 최성옥 등의 이름이 좔좔좔 나왔으니 기실 이제 모두 장년의 아낙네들이다. 그미 역시 내가 꺼내는 이름을 대부분 기억하는 게 운명처럼 신기했다.

"김혜영은 스튜어디스가 되지 않았나요?"

"맞아요. 교지 편집실 제자였지요."

"회사 생활은 10년 전 은퇴를 했고 지금은 공주에서 라고마라는 카페를 운영하고 있어. 가끔 만나요."

"용애는 독일로 미술공부 하러 갔다고 들었어요. 박덕준은 내 후배 보건교사가 태안에서 함께 근무했다고 들었구요."

"이용애, 박덕준은 젊은 날 전교조 불법 집회 때마다 만나던 단골 멤버였고."

"공부 잘하던 김선옥은 교수가 되었구요."

"황춘자는 소설가가 되었는데, 필명은 황보윤이고."

그리고 세월이 빛의 속도로 흐른 수십 년 후,

내가 근무하는 학교에서 어느새 가장 연륜이 많은 평교사로 변신했다. 예전에 풋풋했던 젊은 나무가 어느새 연륜 높은 하회탈 교사가 된 것이다. 아이들은 늙은 스승의 볼록 튀어나온 배를 꾹꾹 찌르기도 했고 나 역시 그들 모두가 편안했다. 학생부에 끌려와 징계 받는 럭비공들의 몸에서도 푸릇한 꿈나무의 미래가 보이는 것이다. 그게 맞기도 했다.

교무실에서도 마찬가지이다. 아들, 딸 또래 연륜의 동료 교사들이 열댓 명이 넘으니 차라리 마음이 편해졌다. 그리고 가끔 회식 자리에서 30년 안팎 젊은 후배 교사들 앞에서 아래와 같은 흰소리로 시간을 죽이곤 했고 그들도 적당히 맞장구를 쳐 주었다.

나 : 내가 여고의 총각 선생으로 처음 갔을 때 그 학교 남자 중에서 가장 젊은 교사였다니깐. 진짜요. 전교생이 1200명이었는데 인기 1등이었어. 그중 나한테 시집오겠다고 마음먹은 소녀들이 400명은 되었어. 음하하.

젊은 교사 A : 알아요. 그랬다가 1년 뒤 더 젊고 잘 생긴 청년 교사가 와서 딱 200명을 잘라 갔다매요.

젊은 교사 B : 나도 알아요. 이듬해. 다시 더 새파랗고 야리야리한 사나이가 등장해서 195명이 사라졌다매요. 달랑 다섯 명만 남기고.

젊은 교사 C : 나도 알지요. 그래서 마지막 결사대 다섯 명과 함께 인기를 빼앗아간 두 젊은 총각 선생을 융단폭격으로 아작을 내던 중, 학교를 쫓겨났다매요. 푸하하. 아흔다섯 번만 더 들으면 백 번이 되는 스토리, 와우 달달달 외웠어요. 딩동댕.

그러다가 어머니가 입원하신 3층 병동에 이정재 간호사의 여고 동창생 김선정 간호사가 있다는 소식도 들었으니 사막에서 오아시스를 만난 마음이다. 선물이다. 그렇게 초로의 스승과 장년의 제자가 37년 만에 해후하여 저녁도 나누고 건배도 하며 수십 년 세월을 반추하는 상상으로 설레었었다.

안타깝지만 장년의 제자들과의 식사 자리는 만들지 못했다. 코로나가 급속 확산으로 병원 근무자 모두 외부인 접촉을 자제하라는 공문이 떨어졌기 때문이다. 2021년 여름 이후 코로나 수치가 1000명이 넘어가면서 월 1회 그나마 유리창 너머 핸드폰으로 통화하던 면회조차 금지된 것이다. 이제 아예 어머니의 얼굴을 볼 수가 없는 것이다. 최악의 상황에서 그나마 행운을 잡은 것은 거기에서 연륜 깊은 제자 간호사들을 만난 사건이다.

가끔 혹은 자주 이정재 간호사와 김선정 간호사가 어머니 옆에 다가가서.

"강병철 선생님."

부르면, 눈을 움직이고 손도 흔드신단다. 카톡으로 어머니의 사진도 보내며 동영상 통화가 가능하다. 최선이 안 되면 차선의 선택으로 살아가야 하며 때로는 최악을 피한 차악 사태를 운명으로 생각해야 한다. 그 대신 카톡으로 모친의 소식을 알려주는 중이며 나는 그 문자를 형제들에게 보내고 있다. 그 카톡 문자의 내용을 한 토막 소개하면.

김선정 간호사 : 어제 큰 소리로 '강병철 선생님' 하고 부르니 어머니가 눈을 크게 뜨고 바라보시더군요. 몸의 움직임이 많아지고 무슨 말을 하려는 느낌입니다. 예전에 돌아가신 우리 어머니를 보는 느낌입니다.

이정재 간호사 : 매일 찾아 인사하고 손을 잡으며 '덥지 않

으세요. 잘 계셨나요?' 안부를 전합니다. 그 방 간병사들이 '선생님'하고 부르면 대답도 한답니다.

그날 밤 나 혼자 어머니께 드리는 글을 썼다.

잘못을 고합니다. 열한 살 운동회 날 달리기를 꼴찌하고 돌아와 펑펑 운 것은 순전히 어머니의 관심을 끌기 위한 불효자의 나쁜 관종 심보였습니다. 점심을 굶어서 슬펐던 건 아니고 공책을 타지 못해서 울음을 터뜨린 겁니다. 앞줄 성호가 약을 올리지 않거나 그때 설사가 찔끔거리지 않았더라면 울지 않았을지 모르고요. 기실 아픈 다리는 금세 나았구요. 다음 해 5학년 때는 일곱 명이 뛰어 3등을 해서 공책을 탔답니다. 그래요. 달리기 선수들은 운동회를 손꼽아 기다렸고요, 느림보 거북이 아이들은 운동회가 그리도 무서웠답니다.

또 하나, 허락 없이 검은여 해루질을 시도한 것은 잘못입니다. 그나마 어머니가 야단치실 때 훌쩍이기만 했을 뿐 전혀 대들지 않았으니 천만다행입니다. 그런데요, 어머니 그때 바라본 밤바다만큼 아름다운 풍경을 본 적이 없어요. 달님도 해님처럼 동쪽에서 서쪽으로 기운다는 것도 처음 알았구요. 부모님 속을 썩이긴 했지만 밤바다 출정은 한 번쯤 가 볼 만하더라고요.

『민중교육』 사건 때 의연하게 지켜 주셔서 감사합니다. 공직에 계신 아버지께서 노심초사하심은 지당했지만 뜻밖으로 어머니께서 바람막이해 주셨습니다. 특히 홍도동 시영 아파트에 쳐들어온 그 가죽 잠바 형사를 따끔하게 혼내 주셔서 정말 통쾌했습니다. 평소에는 전혀 알 수 없었던 인간의 진정성을 다양하게 파악하는 계기가 되었답니다. 위선자도 만났고 깊은 사랑도 만났습니다. 가장 아팠던 것은 누군가 아버지를 밀고하여 검찰 수사를 받게 한 사태이지요. 그도 망자가 되었으니 밀고자의 이름은 영원히 땅에 묻겠습니다. 그리고 무엇보다 다행인 것은 그 바람에 아내를 만난 겁니다.

마지막 투표장의 동행 풍경이 가장 가슴 아픕니다. 제가 먼저 10미터쯤 앞질렀다가 어머니를 기다리고 또 앞질렀다가 기다려서 걸음이 더디신 어머니를 불안하게 만든 죄를 절대로 용서하지 마세요. 솔직히 저는 전혀 급하지 않았습니다. 노모와 초로의 아들이 투표 동행을 하는 모습도 보기 좋은 풍경이었을 겁니다. 새벽 공기 마시며 천천히 그리고 유쾌하게 투표장까지 동행했어야 맞는 행동이었습니다. 이제는 투표장에 가더라도 두 손을 꼭 잡고 징검다리 건너듯 조심조심 함께할 준비가 되었는데 그 기회가 없네요.

죽음은 순서가 없다

젊은 날의 장인어른은 가방끈이 전무했지만 사회 적응력이 탁월하게 좋은 편이었다. 군 입대는 그의 인생에서 처음이자 마지막 조직생활이었는데 제대 후까지 끈을 이어 살림 밑천을 장만했을 정도이다. 신병 -교육대 마지막 날 라이방 낀 육군 중사 하나가 나타나.

"부기 할 줄 아는 사람 나와라. 일종계로 뽑겠다."

일종계는 취사반에서 쌀과 부식의 수입을 취급하는 꽃보직이지만 숫자 계산의 능력이 있어야 한다. 구정물에 손을 담그지 않으며 옷에 비린내가 묻지 않는 엘리트 취사병 보직이다. 나 역시 군대 시절 취사병으로 임했으나 계산 두뇌가 부족해 일종계에 진입하지 못하고 그냥 무와 생선과 고기만 잘랐었다. 또 그 단순 작업이 내 체질에 맞기도 했다. 그런데 학력별무 훈련병인 그가 벌떡 일어나.

"저요."

그렇게 뽑히긴 했지만 그는 부기를 전혀 모르는 상태였다. 하여, 저물녘을 기다려 막사 담벼락 넘어 당직을 서는 초등학교 교사를 만나.

"대차대조표 짜는 법을 가르쳐 주십시오."

그렇게 조아린 다음 밤새도록 부기를 배워 군대 3년을 일종계로 무사히 보냈다고 한다. 맨몸으로 제대해서 그 수완으로 장사도 하고 과수원도 하면서 8남매를 키운 것이다.

제대 후 당신께서는 농사를 짓다가 누님을 따라 고래 고기도 팔면서 쬐끔씩 돈을 모았다. 고래에 대한 상식은 없었지만 무조건 밍크 고래라고 하면 사람들 눈길이 반짝반짝 빛이 났단다. 그리고 나중에는 실제로 고래박사처럼 지식이 풍부해졌으니 거짓은 아니다.

어느 날이었던가, 시장을 파하고 완행버스를 타다가 우연히 아담 사이즈의 규수 하나를 만났는데 어허, 문득 '저 여자가 내 아내였으면 좋겠다.'는 생각이 드는 것이다. 다섯 살 젊은 김영순 소녀였다. 고개 너머 살면서 길에서 마주치면 눈인사 정도는 나누던 사이이기도 했다. 사내는 눈이 맑고 말을 또박또박 나눌 줄 아는 그미에게 홀딱 반했다. 하여, 여기저기 다리를 놓아 연결시키며 헌신과 순종미를 갖춘 아가씨에게 사랑의 족두리를 씌워 주었다. 가난하지만 깨꽃 같은 신혼을 보냈고 세월이 흐르면서 다산多産의 부모가 되었다.

그들 부부 모두 천성적으로 남들에게 싫은 소리를 못하는 체질이었으나 장인어른의 경우 원래 호쾌하고 큰 소리도 잘 쳤다.

“공부만 잘해라. 무조건 대학까지 보내마.”

호언장담했는데 8남매 모두 공부를 잘했으니 어찌할 것인가? 그리고 수십 년 후 나의 장인어른이 되었고 나는 8남매의 맏사위가 되었다.

장인어른은 엄살이 전혀 없었고 오히려 음주 농도가 짙어질수록 목청이 높아지는 체질이었다. 자식들의 성적표 이야기가 나오면 신바람이 나서서 외상 막걸리 값까지 그으면서 술자리를 연장하기도 했다. 건어물 가게를 하실 때에도 항상 호황이라고 너털웃음 치면서 지나는 길손까지 소매 잡아당겨 점심을 대접하셨다. 나중에는 두 개의 과수원을 운영했는데 하나는 따로 사람을 고용해 맡길 정도였으니 사업 수완도 있는 사내였다.

그 덕분에 빚을 쉽게 얻을 수 있어서 자식들 공납금도 밀리지 않았다. 그랬다. 학교에 내는 돈은 무조건 공납금이라 부르며 ‘아랫돌 빼서 윗돌에 괴듯’ 하나씩 상급학교로 올려 보냈다.

빚을 얻어 자식들을 가르치는 것,

기약도 끝도 없이 이어간 그 작업은 우리 집이나 처갓집이나 똑같았다. 아버지가 교장이라는 신분으로 돈을 꿀 수 있었다면 장인어른은 너털웃음과 호언장담으로 이웃들을 안심시켜 빚을 얻었다. 그리고 모두 이자를 붙여 제 날짜에 갚았다.

처갓집 노인 부부 모두 고단한 노동의 시간을 기꺼이 감수했으니 그게 업이었다. 김과 미역을 파는 장돌뱅이 시절에도 비바람 눈보라를 가리지 않았으며 건어물 가게를 하실 때에도 일단 일을 크고 번잡하게 벌인 다음 나머지를 감당하는 것이다. 복숭아 과수원을 하실 때에도 나무와 나무 사이에 콩과 호박, 시금치와 상추를 심어 반찬을 해결하셨다. 아카시아 울타리 사이에 자두나무와 모과나무를 심었고 토끼장도 만들어 일 년에 두어 차례 밥상 위에 토끼탕을 올릴 수 있었다.

그러나 노동의 마무리 방식은 부부끼리도 달랐다. 장인어른은 소위 워러밸Work-life banance 스타일이었다. 노동이 끝나면 쉬어야 한다는 것, 그것은 내 부친과 비슷했다. 그게 가장의 위엄이었고 지어미들도 기꺼이 감수했다. 장인어른이 막걸리로 휴식을 푼다는 게 내 아버지와 다르긴 했다. 땀 흘려 노동이 끝나면 신작로 목로에 들러 술동무들과 불콰하게 오른 다음 귀가하는 것이다. 장모님은 그걸 당연하게 여기셨고 혼자 남아 설거지와 치다꺼리를 하셨으니 우리 집과 비슷한 풍경이다.

처갓집 자식들 모두 공부를 잘했다. 싯골 과수원 언덕길로 유학을 떠나는 자식들 뒷모습을 볼 때마다 그리도 자랑스러웠다. 그러나 착한 자식들은 시국의 모순을 참아 내지 못했다. 대자보도 붙이고 최루탄에 맞서 화염병도 던지며 힘들게 들어간 대학에서 징계를 받았다. 하지만 그들 부부는 불안하게 지켜보면서도 자식들을 단 한 번도 나무라지 않았다. 큰딸 박명순이 대학 시절 무기 정학을 맞거나 장남 박홍규가 시위 주동자로 대전 교도소에 수감되었을 때에도 자식들에게 단 한 번의 가슴 아픈 내색조차 하지 않았다. 그저.

'귀하게 키운 내 아들, 딸들이 이 풍진 세상을 어떻게 견뎌낼까'

조바심만 했다고 들었다. 집으로 찾아온 대학 교수들이나 형사들에게도 깍듯이 대우했다. 복숭아도 깎아 주고 미숫가루도 내놓으며 그들의 말에 귀를 기울였다.

장인어른은 여전히 술을 좋아하셨고 황혼이 이슥해지면 술청을 찾았다. 대개 얼큰하게 취했으며 돌아오는 길에서 흘러간 유행가를 구성지게 부르며 회한을 푸시곤 했다. 삶은 풀릴 듯 얽혔고 더러는 얽힌 옹매듭이 행운처럼 자동으로 풀리기도 했다. 대학에서 징계를 받은 맏딸 박명순이 잠시 집에 머무를 때였다.

복숭아를 솎고 안마당을 치우는데 전화벨이 울렸다. 신작로 어디쯤 목로에서 아버님이 취해 계시니 모셔가라는 전갈이다. 마침 여름방학인지라, 장성한 남동생 둘도 함께 있어서 든든하게 장마당에 출정할 수 있었다. 장인어른은 취해 있었다. 육자배기 콧노래를 부를 때마다 막걸리 냄새가 쏟아져 나왔지만 그런 민초의 풍류가 싫지는 않았다. 그러더니 점차 목소리가 울멍거리며 글썽글썽 눈시울 적시는 걸 깜빡 놓쳤던 것 같다. 돌아서는 미루나무 모퉁이에서 맏딸 박명순을 껴안은 게 평생 처음인데.

"넌 이제 어떻게 산다니…."

초로의 아비와 장성한 딸이 엉킨 채 한꺼번에 바닥에 넘어진 것이다. 사십 년 전 일이다.

8남매를 키운 그들은 이제 80대 노년이 되어 세종시의 큰아들네 집에서 사신다. 그리고 나는 아내와 함께 한 달에 한 번 정도 노부부에게 저녁 식사를 대접하고 이따금 용돈도 드리는 의무 효도로 소소한 체면이나 세우는 중이었다. 노인 부부는 큰딸과 맏사위 만나는 것도 좋아했지만 특히 외손주들을 동행시키면 입술이 함지박만큼 벌어지곤 하셨다.

"오랜만이죠. 한 달 정도 되었나요?"

슬쩍 물으면.

"훨씬 넘었지."

오랜 기다림의 표현을 그렇게 에둘러 전달한다. 그리고 나는.

'우리 어머니도 병상에 누워 계시지 않으면 이렇게 식사를 대접할 수 있을 텐데.'

그런 고독의 표정을 애써 누르며 식사도 모시고 카페에도 들렀다. 기왕지사 기쁜 표정만 보여드렸지만 나는 '내 어머니의 부재'에 옆구리가 시렸다.

어머니는 94세이고 사돈인 장모님은 그보다 열한 살 적은 83세이다. 결혼 후 대소사 몇 차례를 제외하고는 두 분은 서로 가까이 만나지 못하고 자식들을 통해서 묵은 세월의 안부를 전하는 정도였다. 두 할머니 모두 희생과 헌신이 몸에 배었으며 자식들보다 손주들을 더 사랑하신다. 밥상에서는 먹을거리를 식솔들에게 철저하게 양보하지만 음식점에서는 그럭저럭 골고루 젓가락을 움직이시니 그게 외식 출타를 시작하게 된 이유이기도 하다.

또 있다. 집안에서 웬만한 가구는 뚝딱뚝딱 고쳐 내었다. 멈춘 시계는 건전지를 끼워 돌렸고 기울어진 장롱은 시집을 끼워 균형을 잡았다. 기른 가축을 몸소 잡았으며 식용으로 조리해서 식탁에 올리신 점도 공통점이다. 토끼도 잡고 닭도 삶아 올리고 정작 당신들은 껍데기만 따로 드셨다.

차이점도 많다. 장모님은 아들네 집에서 사셨고 어머니는 서산의 아파트에서 혼자 기거하셨다. 장모님은 자식들을 철저히 신뢰하고 의지하셨는데 어머니는 핏줄들을 떠올릴 때마다 노심초사하셨다. 장모님은 시장엘 나가시더라도 반드시 장인어른이나 자식들과 동행하신 반면에 어머니는 늘 혼자 다니셨다. 장모님은 남들에게 싫은 소리를 못하시는데 어머니는 자신의 판단으로 도와주고 가르치려 하셨다. 장모님은 노인학교에서 노래 부르기를 좋아하셨는데 어머니는 혼자 완행버스로 고향 한머리 나들이로 양파나 마늘을 다듬어 주다가 돌아오시는 정도였다. 어머니는 신문을 읽으셨는데 장모님은 맏딸이 쓴 책 『아버지나무는 물이 흐른다』(천년의시작)가 유일하게 독파한 책이다.

누나와 동생 강병호가 어머니에게.

"우리와 함께 살아요."

넌지시 떠 보면.

"혼자 살면 이 넓은 아파트 전체가 내 집이지만 아들 딸네 집에 얹혀서 살게 되면 방 한 칸만 차지해야 돼. 뭐하러 내 집 두고 좁은 데서 사니?"

완곡하게 거절하셨다.

어머니의 병상 생활이 16개월째 접어들 즈음이다. 처음 한두 달은 금세 큰일이 터질 것처럼 위급해서 비상사태처럼 움직였다. 일상을 접고 모두 어머니 위주로 일과표를 짰었다.

형제들 부부와 손주들까지 조를 짜서 하루도 빠지지 않고 면회를 신청했고 그들 모두 최선을 다해 어머니 곁으로 달려왔다. 옆 자리에서도.

"매일 면회 오는 집은 처음 봤네."

혀를 내두를 정도였다. 그러다가 시간이 지날수록 물리적으로 힘들어지기 시작했다. 이제 아래 세대 식솔들도 일상을 놓치지 말고 자신을 챙겨야 하는 시점이다.

나와 여동생이 주로 어머니 면회를 맡았다. 나는 정년 퇴임 이후 시간이 많았고 여동생은 병원과의 거리가 가까운 것도 이유가 된다. 그러다가 이제 나도 다시 창작으로 돌아가야 한다는 생각이 자꾸 머리를 누르는 것이다. 글을 써서 마지막 승부를 봐야 한다. 고뇌 끝에 2021년 7월 1일자로 강원도 원주의 <토지문화관> 집필실에 입주를 결정했다.

그런데 돌연 장모님께서 입원했다는 소식이 들려서 혹시, 하며 잠시 망설였다. 그래도 설마 하는 마음으로 7월 1일 천안에서 모이는 '충남학생문학상' 회의에 나갔다가 김종광 작가, 이정록, 김미희, 이오우 시인과 술도 한 잔 걸쳤다. 그리고 아내에게 전화를 넣은 시간은 밤 아홉 시.

"시술 잘 끝났대요. 당신 집필실에 마음 놓고 가도 되요."

다행이다. 일단 안도하며 그날 밤 소주도 몇 잔 마셨다. 7월 2일 아침 버스를 타고 천안에서 원주행 고속버스를 갈아탈 참이었다. 티켓을 끊고 버스를 타기 직전 전화번호가 찍힌 걸 보고 아내에게 무심히 전화를 넣었는데.

"내가 보낸 카톡과 문자를 열어 보지 않데요."

"지금 원주행 버스를 타려고."

쓰뭉하게 대꾸하고 트렁크를 끌고 탑승하려는 찰나.

"친정어머니가 돌아가셨어요."

지상의 모든 움직임이 정지되었다. 아, 무엇인가.

그러니까 입원 하루만이다. 응급실에 들어가신 후 시술과정까지 무사히 끝냈다고 안도하던 찰나이다. 장모님께서 하루 만에 갑자기 숨을 거두셨으니 청천벽력이다. 삶이란 그렇듯 예측불허이며 때로는 허망한 것이다.

10여 년 전부터 혈관과 심장에 이상이 있어서 수술 후 정기적으로 관리를 받으셨지만 최근에는 큰 징후가 없으셨다. 장모님은 밤에 다리에 쥐가 나서 며칠 고생을 하시다가 병원에 갔더니 대수롭지 않게 근육통 치료약을 처방받았을 뿐이라 한다. 약만 잘 먹고 푹 쉬면 괜찮아지려니 했는데 갑작스럽게 입원을 하게 된 것이다.

'가족들이 모두 모였으면 좋겠다.'

그런 전언으로 갑자기 불안감이 엄습하는 것이다. 그리고 '시술이 괜찮게 끝났다'고 전해서 겨우 안도했는데 갑작스럽게 심정지가 왔다는 연락이 와서 중환자실 앞에서 두 시간 동안 대기했단다. 그렇게 천국과 지옥으로 오르내리는 동안 모인 자식들이 자리를 뜨지 않은 게 다행일 수도 있다. 코로나 때문에 문을 열지 않았지만 자식들이 애원하다시피 해서 병실에 들어갔을 때 장모님은 이미 의식이 없으셨다.

어머니보다 10년 이상 젊으신 장모님,

그리고 맏사위를 듬직하게 봐 주시며 마주하는 밥상마다 항상 반찬을 챙겨 주시던 착하신 장모님께서 졸지에 망자가 되신 것이다. 삶은 그렇듯 꿈에도 예상하지 못한 사태에 직면하면서 그게 현실이 되기도 한다.

세종시 은하수 장례식장에 들어서니 처갓집 형제 착한 8남매가 상복 차림으로 모인 것이다. 그랬다. 긴 시간 내 어머니의 걱정에만 빠져 장모님 상태는 건성건성 넘어가곤 했는데 날벼락을 맞은 것이다. 오랜 시간 장기 입원 중인 내 모친 소식을 미안한 표정으로 묻곤 하시던, 훨씬 젊고 생생하고 총기 넘치던 장모님께서 졸지에 세상을 뜨셔서 비통함이 더 컸다. 도대체 뭐가 뭔지 모르겠다.

아, 세상을 뜨신 것이다. 내 어머니만 걱정하며 긴 시간 병원과 고난의 씨름에 빠져 있었는데 갑자기 장모님이 먼저 눈을 감으셨으니 그동안 모자라게 모신 감정을 헤아릴 길이 없다. 갚아야 할 마음의 빚도 가없이 많은 와중에 졸지에 막을 내리신 것이다.

가깝고 먼 지인들이 오그르르 몰려와 손을 잡아 주거나 마음을 전달한 내용들은 이만 접기로 한다. 한 가지, 내 형제들이 전원 부부동반으로 문상을 와서 처갓집 식구들과 안부를 나누게 되는 풍경은 예상치 못한 스크린이다.

언제부터였나, 나 혼자 세운 집필 기획이 '어머니의 밥상'이었다. 어머니의 입원 직후부터 마지막이 될 병상 기록을 집필 중이었는데 장모님께서 돌연 먼저 세상을 뜨신 것이다. 장모님에 대한 그 사연은 이제 아내 박명순 선생이 다른 지면에서 기록할 것 같아 여기서는 생략한다. 나 역시 어머니의 병상을 주제로 기획했던 긴 글을 장모님의 돌아가심으로 여기에서 마무리할 수밖에 없다. 마지막으로 아내가 문상객들에게 보내는 감사 인사로 이 글을 가름한다.

엄마 김영순 여사님은 이제 고인이 되셨습니다. 83세까지 고달프고 험한 세상을 사셨고 지병으로 고생도 많이 하셨습니다만 좋은 일도 없지는 않으셨습니다. 자식들의 학창 시절 '장한 어머니상'을 여러 차례 받으시는 농담 같은 세월도 있었답니다.

특히 말년에 아들과 며느리가 지극정성으로 모셔서 꿈결

같이 아름답고 행복한 시간을 보내셨습니다. 노부부가 함께 손을 잡고 나들이를 다니면서 금슬을 자랑하시며, 서로를 의지하시는 시간을 보내셔서 장성한 자식들 눈에도 참으로 좋게 비춰졌습니다. 해마다 두어 차례 가족 여행길에 올라 피어난 웃음꽃도 고우셨고요.

최근에는 코로나로 바깥나들이를 많이 생략했지만 두 분이 두어 시간씩 산책하는 일상에 지장이 없으실 만큼 건강하신 것처럼 보였습니다. 10여 년 전쯤이던가요? 문득 부모님과의 만남이 지상에서의 마지막 여행처럼 조마조마했던 적이 있었습니다. 그때마다.

'이번 식사가 마지막이면 어떻게 하지.'

가슴을 조였으나 정작 마지막 뵈었던 6월 17일 저녁식사 때는 전혀 그런 생각을 못했습니다. 그게 어머니와의 마지막 만남입니다.

7월 중에 큰 마음먹고 가족 여행도 계획했었는데 그 새를 못 참으시고 이렇게 황망하게 혼자 떠나시니 아직도 믿어지지 않습니다. 그리고 졸지에 망자가 되신 엄마 덕분에 8남매가 오랜만에 모두 모였고. 한마음으로 가시는 길 배웅해 드릴 수 있었습니다. 참 좋은 엄마, 지혜롭고 사랑이 깊으신 분이었습니다. 마지막까지 고운 얼굴과 생생한 음성을 남겨 주셨습니다. 마음 약한 동생들이 조금은 덜 슬퍼할 수 있게 배려해 주신 걸까요?

조문해 주신 마음 소중하게 간직하겠습니다. 좋은 곳으로 가실 수 있도록 귀한 시간 내 주셔서 그리고 멀리서나마 마음을 보태 주셔서 고맙습니다. 비통하고 황망한 마음을 어떻게 추슬러야 할지 아직은 경황이 없습니다만 엄마가 주신 귀한 유산들을 천천히 정리하면서 슬픈 마음 자락을 안으로 조금씩 삭이겠습니다.

故 김영순 여사님의 맏딸 박명순 두 손 모아 절

장모님은 그렇게 졸지에 세상을 떠나셨으니.

세상과의 작별은 순서가 없는 것이다. 그리고 어머니는 20개월 넘게 병상에 누워계시니 아직도 진행과정의 마무리를 예측할 수가 없다. 모두 아프고 허망한 일이지만 동시에 누구나 겪는 인생의 길이기도 하다.

망자 노무현 대통령의 마지막 유서에 '너무 슬퍼하지 마라. 삶과 죽음이 모두 자연의 한 조각이 아니겠는가.'라는 문장이 떠오른다. 그 자연의 법칙에 동의하면서도 별리別離와 그 경계의 슬픔과 고통 또한 감출 수가 없다. 삶은 그렇듯 음울하고 슬프면서도 당연한 도정을 가는 것이다.

(이 글에서 더 이상 밝히지 못한 사연은 문자의 한계라고 여기며 멈춤을 밝힌다.)